AF488940

9 788239 872643

مدينة لا تفضلها الملائكة

دار حروف منثورة للنشر والتوزيع

الطبعة الأولى

الكتاب: مدينة لا تفضلها الملائكة

المؤلف: مروان محمد

تصنيف الكتاب: نص أدبي

تصميم الغلاف: فريق الدار

تنسيق داخلي: فريق الدار

مراجعة لغوية: مصطفى محمود عواض

رقم الإيداع: ٢٠١٩/٢٥٧٤٨م

مؤسس الدار

مروان محمد

Website: https://horofbooks.com

Fan page: http://facebook.com/herufmansoura

Email: info@horofbooks.com

هاتف جوال: ٠٠٢٠١١٣٠٠٦٢٩٦ – هاتف جوال: ٠٠٢٠١٠٦٤٠٥٤٩٩٥

نص أدبي
مدينة لا تحفظها الملائكة

مروان محمد

الفهرس

لا تستغرب هذا العمل، فأنا شخصياً لا أعرف لماذا كتبته على هذا النحو؟

تلك الشرفة

هى مجرد لحظات التى تفصله عن حدوث الشيء، لا يأمل فى توقعات مبالغ فيها، سيكتفي بالحد الأدنى من التوقعات.

سيحاول أن يتعايش معها، يغمض عينيه في محاولة للتركيز، يفتحهما مرة أخرى وهو يتطلع إلى السماء التي ترعد كل خمس دقائق، ويراقب وميض البرق.

كل شيء من حوله يتلون باللون الأبيض والأسود حتى هو، يتمنى أن يرى الألوان الأخرى التي يسمع عنها ولم يرها أبداً شأنه كشأن كل سكان تلك المدينة، الأموات فقط هم من يرون كل الألوان، الأحياء لا يرون إلا اللون الأبيض والأسود، ما نفع الألوان للأموات، الأمر يبدو ظالماً ككل شيء في هذه المدينة الكئيبة جداً.

يجلس على حافة الرصيف، يستخرج المفكرة من جيبه، يقلب صفحاتها، يقف عند سطر معين، يقرأه بعناية، ثم يعود ليتطلع مرة أخرى إلى البرق الذي ومض بقوة يتبعه صوت الرعد.

حبات المطر الخفيفة تتشكل أمامه على أسفلت الطريق، يرفع غطاء الرأس فوق رأسه ليقي نفسه حبات المطر.

ينظر إلى البناية المقابلة، متطلعاً إلى النافذة بالطابق الثالث، لازالت الغرفة مظلمة وستائرها البيضاء مسدلة.

لا بأس سينتظر، لديه القابلية لأن ينتظر كثيراً، ولكن للأسف ليس هذه المرة، الآن ليس لديه كل الوقت، الوقت بالنسبة له لعنة تطارده وتضيق عليه الخناق، تضيق عليه المسافات وتحرمه من فعل الكثير من الأمور التي يراها في تلك اللحظة تحديداً هامة جداً، الوقت هو من يستطيع أن يجعل كل الأشياء غير الهامة في الأوقات العادية هامة جداً عندما يضيق الوقت الخناق.

يستطيع بقفزة واحدة أن يصل إلى نافذتها، هو موهوب بين أقرانه في قدرته الفائقة على القفز، فكل شخص في هذه المدينة لديه موهبة فريدة، هو يقفز لمسافات طويلة ولارتفاعات لم يسبقه إليها غيره.

الكثير من الأفكار والصور مرت برأسه، لم يقف عند أياً منها، ولم يشغل باله بتحليل أي صورة أو فكرة مرت بخاطره ولكنه تركهم جميعاً يمرون بسلام.

وضع المفكرة في جيبه، رفع عيناه مرة أخرى إلى النافذة عندما أضيئت الغرفة، أعاد عينيه إلى أسفلت الشارع مرة أخرى يتأمل حبات المطر التي أصبحت أكثر غزارة، يتجه إلى مدخل البناية، لا يوجد أحد بالمدخل وباب البناية غير موصد.

صعد الدرجات في سرعة، في ظل هذا السكون المطبق، انتظر أمام باب الشقة لدقيقتين، فتحت له الأبواب، ظل يتأملها للحظات، كأنه يتعرف عليها للمرة الأولى، كما لو أنه لا يعرفها، ملامحها المتوترة لم تغير في سكونه وجموده شيئاً.

هل كانت ستبدو أجمل لو كانت ملونة أم هي فاتنة كهذا في اللونيين الأبيض والأسود وشفتيها تتوهجان بلون أبيض ساطع، يبدو أنها وضعت هذا "الروج" مخصوصاً لاستقباله.

جذبته من يده إلى الداخل في ضيق، أغلقت الباب وراءه، خلع غطاء الرأس وهو يتجه إلى الأريكة في صالة البيت المريحة جداً، يجلس عليها، ينظر لكل ما حوله ببلاهة، أو تأمل لا معنى له.

تراوده الكثير من التخيلات الآن، تقترب منه، يدير عينيه إليها متسائلاً، تجلس أمامه لا تقول شيئاً، لاحظ حركة فخذها الأيمن المتوترة، أعتاد أن يراها على هذا النحو، حاولت أن تفتح شفتيها عدة مرات لتقول شيئاً ولكنها في كل مرة تتراجع عن ذلك.

نهضت من مكانها متجهة إلى المطبخ، أغمض عينيه مرة أخرى، شعور كلي بالإرهاق الشديد يجتاح كل كيانه، يشعر بانقباض شديد في كل عضلات جسده، عظامه بشكل غريب بدأت تئن ألماً.

أراح رأسه على ظهر الأريكة من خلفه وقد بدى أنه غط في نومٍ عميق، ولكن رأسه الذي يشتعل الآن بآلاف الأصوات، يسبب له

ضجيج مزعج للغاية، يحاول أن يصم أذني عقله عن سماع تلك الأصوات الطنانة.

لا يفلح في ذلك، يعود لينتصب في جلسته مرة أخرى ويستخرج مفكرته الصغيرة من جيبه الأيمن، يقلبها مرة أخرى، يقف عند نفس السطر مرة أخرى، كأنه يريد أن يستنطقه ولكن لاشيء كالمرة السابقة.

عادت إليه بكوبي شاي ناولته أحداهما، التمس من الكوب الدفء، وهو يضمه بكلتا يديه، مسقطاً من يديه المفكرة الصغيرة، لفت نظرها المفكرة التي سقطت أرضاً.

مالت تلتقطها، حاول أن يمنعها ولكن رفضه لم يتجاوز حدود عقله، وجسده ظل في حالة رفض للامتثال لاعتراضه الداخلي، آثر الصمت وهي تجلس على الأريكة المقابلة له، تفتح المفكرة تتصفح ما فيها بحاجبين معقودين.

وضعت المفكرة على المائدة التي تتوسط المسافة بينهما وتتناول كوب الشاي الخاص بها في هدوء تشربه، تنظر إليه بتمعن، وهو يشرب من كوبه في حالة شرود تام.

لا تعرف ماذا تقول؟، لقد فات الأوان على أن تقول له أي شيء، لقد فعلها، ستعود وحيدة مرة أخرى، هل يجب أن تشعر بالسعادة أم يجب أن يداهمها شعور غامر بالحزن والكآبة؟، لا تعرف، ولكن ما تعرفه جيداً أنها أعتادت لعامين سابقين أن تجلس في هذا المكان وحيدة، على أريكتها هذه، تسجل كل حين في ذاكرتها الخاوية، مزيد من التشققات تصيب حوائط ذلك المنزل التعيس.

سمعا أبواق سيارة الشرطة تقترب حتى تتوقف أسفل بناياتهما، دموعها تناسب في صمت وهي ترشف من كوب الشاي، وضع كوبه على المائدة ونهض في تثاقل يتجه نحوها يميل عليها، لتشم منه رائحة الحزن.

يقبل جبهتها في حنو بالغ، ثم يتجه إلى باب الشقة يفتحه، لا يلقي نظرة أخرى عليها وهو يغلق الباب وراءه، لن تبكي كما بكت من قبل، لن تنهار كما أنهارت من قبل، ستظل في مكانها تشرب كوب الشاي وتترك لدموعها الحرية في أن تسيل في صمت تام، كما هو حال كل شيء في هذا البيت الصامت جداً.

تسمع صوت دربكة وخطوات تصعد وأخرى تهبط وبعض من الصيحات الرجولية ثم وقع أقدام تتجه كلها نحو النزول، أبواق سيارة الشرطة ترتفع مرة أخرى وهي تغادر المكان.

كان من الواجب أن تتجه إلى الشرفة تشيعه بالنظرات الأخيرة وهم يقتادونه إلى السيارة ولكنها لم تفعل، ظلت في مكانها وهو لم يرفع عينيه لأعلى ليشيعها بنظرة أخيرة لأنه كان يعلم جيداً أنها لن تكون هناك تقف باكية العينين تستند بيدين مرتجفتين على حافة الشرفة وشفتاها ترتعشان.

شعر بالأسف حيالها وحيال الشرفة! ولا يعرف لماذا شعر بالأسف حيال هذه الشرفة؟!، ربما لأنهما أمضيا بها أوقات جميلة كثيرة، كانت تمثل له النقاط المضيئة في ظل هذا الظلام الذي يغلف نفسه منذ فترة طويلة.

نظرت بكراهية إلى مفكرته الصغيرة، تلك المفكرة التي حرمتها منه، أسوأ عدو استطاع أن يحتال عليه ويسرقه منها، ويدفعه إلى فترات ظلامية كانت تحسبها عابرة ولكن يقيناً هذه المرة لن تكون عابرة كالمرة السابقة ولكن هذه المرة دائمة.

٤/٥/٢٠١٧
القاهرة

ذات مرة في الحديقة

خلفية خشبة المسرح عبارة عن مساحة سوداء يظهر فيها عدد من الأشجار والقمر في الركن الأعلى الأيمن لخلفية المسرح باللون الأبيض الوهاج وهناك شجرتان الأكثر وضوحاً في خلفية المسرح وبينهما مساحة سوداء خالية.

هناك مقعد مطلي باللون الأبيض موضوع بين الشجرتين المرسومتين على الخلفية، ورجل على يسار خشبة المسرح يقف بعربة سوداء يبيع غزل بنات لونه أبيض فقط وهو يرتدي جلبابا أبيضا وعمامة سوداء.

فتاتان تدخلان من يمين خشبة المسرح وتتجهان إلى المقعد الأبيض وتجلسان عليه.

الفتاة الأولى (الحزن بادي على وجهها): لقد خسرت كل شيء يا رحاب... خسرت كل شيء.

رحاب (تحاول أن تبتسم وهي تقول): لا تقولي ذلك يا ثُرية، غداً سيعود مرة أخرى، كما كان يحدث في المرات السابقة.

ثُرية (تهز رأسها نافية): ليس هذه المرة.

يقترب منهما بائع غزل البنات مبتسماً وهو يمسك بكلتا يديه غزل البنات ويميل نحوهما يناول كل منهما واحدة ، ويعود إلى مكانه مرة أخرى.

الفتاة الثانية: يكفي أنه قتل ذلك الشيطان.

ثُرية: هل تضحكين على نفسك يا رحاب؟, هو ليس الشيطان الوحيد بالمدينة، كلنا شياطين بدرجات مختلفة.

رحاب: كما قلتِ، بدرجات مختلفة، إذن هو يستحق الموت، أنه بطل في نظر العامة يا ثُرية.

ثرية: وأحمق في نظري، لأنه تركني وحيدة وهذه المرة إلى الأبد، لن يغفروا له فعلته أبداً، سيعملون على أن يبقى في السجن حتى يتعفن.

ثُرية: (تقف غاضبة) سأرحل الآن.

رحاب: لم تأكلي غزل البنات بعد.

(ثُرية تتجه إلى بائع غزل البنات تناوله الواحدة خاصتها وتستدير نصف استدارة لرحاب التي وقفت مكانها)

ثُرية: هل سترحلين معي؟

(بعد كلمتها الأخيرة يدخل رجلان ضخمان من يمين خشبة المسرح يرتديان الحلة السوداء ويعترضان سبيل ثُرية التي بدأت التحرك باتجاه يمين خشبة المسرح)

الرجل الأول: أنتِ ثُرية، صحيح.

ثُرية: من أنت؟

(يقترب منها الثاني أكثر وكأنه يحاول شم رائحتها ثم يعود لمكانه)

الرجل الثاني (يهز رأسه) نعم، إنها هي.

رحاب: (تقف مكانها مفزوعة) من أنتما؟

الرجل الأول: أين مفكرته يا ثُرية؟

ثُرية: لا أعرف عما تتحدث.

(الرجلان يتبادلان النظر ويضحكان في الوقت الذي يقترب فيه بائع غزل البنات منهما مبتسماً يمد يده بغزلي بنات)

بائع غزل البنات: تفضلا.

(ينظر له الرجلان بريبة ثم يتناولان منه غزلي البنات ويعود بائع غزل البنات لمكانه)

الرجل الثاني: ثُرية أنتِ لا تعنينا في شيء، نريد فقط المفكرة.

الرجل الأول: كما ترين نحن شخصان ودودان نأكل غزل البنات من هذا الرجل الطيب.

(رحاب تقترب بحذر من بائع غزل البنات حتى تقف إلى جواره)

رحاب (تهمس): ألن تنقذنا من هذين الوحشين.

(بائع غزل البنات يومئ برأسه مبتسماً في صمت، في حين بدأ الاثنان في التهام غزل البنات، تحاول ثُرية تجاوزهما ولكنهما يتراجعان والاثنان يهزان رأسيهما نفياً في آن واحد)

ثُرية (بغضب وهي تلوح بيديها): ماذا تريدان مني؟

الرجل الأول: أنتِ تعرفين، رافقينا إلى البيت وأحضري لنا المفكرة ...(يتوقف عن الكلام وهو يتجه بنظره من أسفل لأعلى) وقدمي لنا حق الضيافة.

(الاثنان يضحكان في حين تتراجع ثُرية إلى الخلف والخوف على ملامحها)

ثُرية: أيها الوقحان.

(الرجل الأول والثاني يعتريهما نوبة سعال مفاجأة، رحاب تنظر إلى بائع غزل البنات بانبهار فتجده مبتسماً، الرجلان يسقطان أرضاً مغشياً عليهما فتتراجع ثرية أكثر وعلى وجهها ملامح المفاجأة، في الوقت الذي تنظر فيه رحاب إلى غزل البنات خاصتها بارتياب)

ثرية (بذهول) ماذا حدث؟

(بائع غزل البنات يقترب من الرجلان ورحاب أيضاً تسير بمحاذته بشكل آلي بعد أن تضع غزل البنات خاصتها على العربة)

رحاب: أهما ميتان.

بائع غزل البنات (الابتسامة تذهب عن وجهه وتحل مكانها الجدية): نعم، موت إكلينكي.

ثُرية: ماذا تعني؟

بائع غزل البنات (يميل يتفحص الاثنين): لقد توقف قلبهما عن النبض فقط ولكن لازال المخ نشطاً، مما يعطيني الوقت الكافي، لتشريح جثتيهما وبيع أعضائهما.

(ملامح الفتاتان تتقلصان وقد بدا بائع غزل البنات مشغولاً عنهما بتفحص الجثتان باهتمام بالغ)

رحاب: وهل كنت تنوي فعل المثل معنا؟

بائع غزل البنات (يقف): صحيح ولكن بدا أن هذين الرجلين أشد صحة منكما، فعدلت من خطتي.

ثُرية: دعينا نذهب يا رحاب.
يتحركان ولكن رحاب تتأخر في الحركة عن ثُرية وهي تنظر وراءها إلى بائع غزل البنات الذي كان يتابعها باهتمام.
ثرية (تتوقف لما تتوقف رحاب): رحاب، لماذا توقفتي؟
رحاب (تستدير لبائع غزل البنات متجاهلة ثُرية) هل من الممكن أن أتي إلى هنا وأراك مرة أخرى؟
بائع غزل البنات: نعم، يمكنك ذلك.
رحاب: ما اسمك؟
بائع غزل البنات: اسمي ليس مهماً.
رحاب تهز رأسها فتمسك ثُرية بذراعها وتجذبها نحوها ليواصلا المسير باتجاه يمين خشبة المسرح حتى يختفيا في حين يلقى بائع غزل البنات نظرة أخرى على الجثتان.
(ستار)

٨/٦/٢٠١٧
القاهرة

سيرة أبو ربيعة

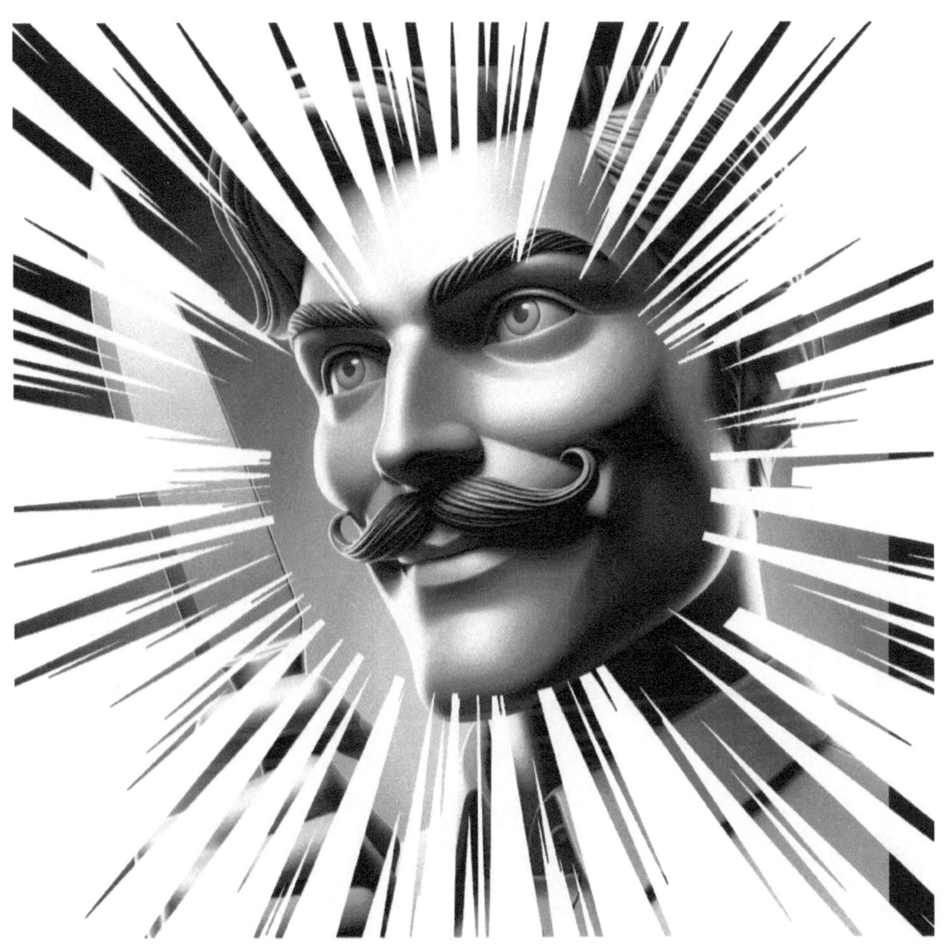

جلس المنشد على الدكة الخشبية ذات اللون الأبيض وحوائط المقهي مكسوة باللون الأسود، وقد تجمهر عدد من رواد القهوة حوله يستمعون إلى مواله الجديد، سحب المنشد نفساً عميقاً ثم أنشد يقول:

وبدينا الحكاية بالصلاة ع النبي
والعاقل فيكم يوعي الغبي
أبو ربيعة ده واد مفتري
ويكفيكوا شره إذا ظهر
يسرق عيونكم إذا قدر
شيطان ومستخبي ف بشر
المهنة يبيع غزل البنات
والأصل يوصلك للممات
وحكايته تتعمل مجلدات
يا خلق يا هووو خليكوا واعيين
يضحك في وشك يا مسكين
وغزله للبنات هو الكمين
يُغمن عليك ف سكات
يصفي بدنك ف ساعات
والدنيا مليانة ابتلاءات
يبيع أعضائك للي يشتري
مهنة أبوه عبد القوي
يدّعي الفقر وهو ثري
من بيع جسمي وجسمك
ولا يسلم منه أبني وأبنك
طريقه أكيد نهايته الهلاك
قفل قلبه بضبة ومفتاح
لما اللي حبه باعه وراح

وحفر ف قلبه اسم مصباح
خطفها منه وطار لبعيد
حلف ليقطع له أيد
والفكرة تكبر وتزيد
ولما للضحية وصل
وقع اللي كان وحصل
خّدره بالسم في العسل
وباع المسكين ف مزاد
وتربص لها بميعاد
قّطعها صاحية بالعناد
مهنة وحبها جداً
ولما أبوه مات شنقاً
ما زاده هذا ألا شراً
لحد ما قابل البت رحاب
الحب دب فيه وداب
حاول يتصنع عنها الغياب
كالعنكبوت طبقت عليه
معرفشي بيحصله إيه
أزاي قدرت تغمي عنيه
والبت كأنها عامللله عمل
أبو ربيعة جاله خبل
أبو ربيعة اللي زي الجبل
سبحان من يغير عباده
والمهنة عرفِتها على أيده
أشطر منه لكن تجاريه
وف لحظة شر مذهلة
ظهر لها أنه المشكلة

ولازمن تحل المسألة
والتلميذة بقت أستاذ
ونادت خدامها معاذ
والحكم مستني النفاذ
وأبو ربيعة ف خبر كان
وإتباع كله حتى السنان
ونصّبوها ست المكان
واللقب بقى أم ربيعة
ورثت جوزها ف الخديعة
يكفيكوا شرها يا سميعة
ما إن فرغ المنشد من مواله حتى استكان في مقعده مغلقاً جفنين مرهقين ودار حديث هامس بين رواد المقهى يتناولون فيها ما قصه عليهم المنشد وهم يرفعون أكواب الشاي السوداء إلى أفواههم.
٨/٦/٢٠١٧
القاهرة

حدثنا معاذ

حدثنا محمود بن مسعود عن حسن بن حسين عن سلطان بن عثمان عن معاذ بن فواز أنه قال:

ولما أسدل الليل السواد، زاد فكري والسهاد، أفكر في أمر أم ربيعة، كم هي بديعة؟، كم هي مريعة؟، كالحية تسعى بين العباد، تصيد بنابي السم الفريسة، تحتال عليها بالخديعة، تسقطها في الفخ لا حول لها ولا قوة، فتبث فيها الخدر، تقطع أوصال الضحية، تبيع كل ما فيها لمن دفع، ولا تسقطها إلا في يد من للسعرِ رفع، على شري أخاف شرها، ولا آمن مكرها، فكم من خادم لها قطعت أوصاله لما استشعرت منه الخيانة، ولكنها رغماً عن ذلك تظل بديعة، كم أحبك يا أم ربيعة؟!

كلما تحينت الفرص، لأطوع هذا الفرس، لا ينالني منها إلا الرفس، تتمنع وهي راغبة، تزعم أنها تحفظ شرفه بعد مماته، وإنما والله تخاف الغدر، من عاشرها ظنها لا تعرف الخوف، والخوف منها يشعر بالخوف، ولكني أنا المّطلع على كل أمورها، أعرف أن لها قلباً يرتجف، لا ينام الليل، وتنام من النهارِ قليلاً، لو أنها أسلمت لي نفسها لأمنتها من كل خوف، سأرد عنها كل مكيدة.

يوم أن نادتني وقد طالعت في عينيها القلق، كيف بدا لي محياها كبدرٍ وأنفلق، توهج وجنتيها وحركة ردفيها تنذر بالخطرِ، وشر مستطر، قالت لي: أصدقني القول ولا تكذب يا معاذ، قلت لها: لست أنا من يكذبك القول، فأنتِ مني بمنزلة العقل والقلب، قالت لي: تُنبئي كوابيسي أن أحدهم يريد بي شراً، قلت لها: وكيف هذا وأنا إلى جوارك، أرعى أحوالك، لأضربن عنق من يخطر له أن يلحق بكِ الضرر، تهلل وجهها وعلاه إحمرار وخجل، وتوهجت شمس وجهها بالسعادة والأمل، قالت: أخشي أن يصيبني يوماً الخبل، من كثرة ظنوني أشعر به ثقيلاً كالجبل.

قلت: لو أتبعت قلبي لأهدينك سبل السلام، بيني وبينك ألف فرسخ، ألا يكفيكِ إني لكل أمرٍ منكِ أرضخ، قالت وقد تعكر مزاجها: يبدو أن عقلك قد أصابه الخرف، أما ترى قلبي للهمِ منصرف، قلت: طوعك أنا، مكني قلبي منكِ، فمعي الأمور تختلف.

تبتسم، ذلك الثغر المبتسم، وإن ران عليه بسمة ساخرة ولكنها ساحرة إذ تقول: تضع نفسك فوق قدرها يا معاذ، فأدركتها قائلاً: بل أضعها بين قدميك وطوبى لمن بحبك فاز.

صرفتني بإشارة من يدها، هون عليك يا نفسي، إن غداً لناظره قريب، خرجت اتنسم عطرها في ريح عاتية، من يكفكف دمعي؟، من يرحم ضعفي؟، لكم وددت قتلَها، ولكم رغبت في ضمِها، كل الحياة في قُربها، يامن أضنتني بمحبتها، متى يكون التلاقي؟ للحانة قدماي ماضية، أتجرع في الكأس مرارة العاشقين، وأندب حظاً لا يناله المحرومين، وهناك رأيته، ويكأني عرفته، بيد إني لم ألقاه يوماً، ولا سمعت عنه خبراً، ولكنه نظر لي شزراً، حسبت أنه يعرفني، ومضى نحوي يحدثني، عيناه تتوقدان بنظرة معادية، جلس إلى جواري، يطلب مسامرتي، لم يطمئن قلبي واضطربت أحوالي، قال لي: ألست أنت معاذ؟، أجبته: أنه أنا ومن تكون أيها السائل؟، تبسم فأقشعر بدني من تبسمه، رد قائلاً: لي أصحاب قتلهم سيدك الهالك، أدركته قائلاً: لم أكن في خدمته يوم أن فعل، قال: لست المطلوب عندي، أرتاب قلبي وأُسقط في يدي أنه يطلب سيدتي، لم يطل انتظاري، فلقد وقع ما كان في مرادي، إذ رد قائلاً: أطلب سيدتك، قلت بغضبٍ: أوتظن أني سأعينك على ذلك، قال: نعم، فكل يوم كنت أراك تحضر للحانة ولم تدرك وجودي إلا هذا اليوم، فبماذا تخبرك نفسك أنك اليوم أدركتني؟، قلت: حظي العاثر في طريقك وضعني، ضحك ملء شدقيه وما سمعتها إلا صريح شيطان مارد، لما أنتهى قال: يا معاذ لن تنال قلبها، فأنت دون ذلك هالك، عجبت لأمره وكيف عرف بأمري، والله أنه لشيطان يجالسني، قلت: وكيف عرفت بأمري؟، قال: أنك لتهزي كل يومٍ بعد سُكرك باسمها وكم تلاقي من العذاب بجفائها، ولا يطيب لك العيش بدونها.

قلت له: أوتظن أني أغدر بها لأنها تجافيني، والله لقد أخطأ سهمك، تبسم كما الشيطان يتبسم إن كان للشيطان تبسُما، ورد قائلاً: إني أطلبها ولتفز أنت بعرشها، دبر الأمر برأسك وستجدني هنا حاضراً إذا دبرت أمرك وعقدت عزمك على ما أخبرتك.

تركته دون رمي السلام، واستعذت منه لعله الشيطان، أُدبر أمري فيمن أحب، تالله إنه ليهذي، وما يدري مكانتها بقلبي، مضيت إلى داري، لا ألوي على شئ سوى النوم، لعلي أقضي به على الغم، إن لم يهدها الله لتنزع ما بي من هم، لوليت قبلتي لهذا الشيطان اللعين.

على طول عشرتي لها لا ينالني منها إلا الجفاء، وكأن قلبها لا يعرف معنى للوفاء، لا ترى في إلا خادماً، لقولها طيّعاً مسالماً، إلى متى الصبر عليكِ؟، لعلي أقبل على شيطاني فيمسك منه الضُر، وأنا الذي أقسمت أن أفديكِ بحياتي، ولا رداً منكِ ولا ألقى منكِ إلا التجافي، وكأنها قرأت ما بقلبي فأرسلت في طلبي، تالله أقشعر شعر بدني، هل كشفت أمري؟، هل عرفت بأمر شيطاني؟، لعلها تطلبني لحاجة ألبيها، ما الأمر يعدو ذلك ولا أظنها هتكت ستر الغيب فعرفت، أجبتها في الحين ووقفت بين يديها أنتظر الأمر منها، نظرت لي طويلاً، تصنعت أني لا أبالي، قالت: أراك اليوم وأمس شارداً، فهل وراء هذا الشرود شرٌّ أم خيرٌ؟، قلت من فوري: مهموماً أنا يا سيدتي، سألت: وما هو سبب همك؟، قلت: أنتِ يا سيدتي، متى تفتحين لي أبواب قلبك؟، أو حتى أستظل بظلك، قالت غاضبة: أعدت للخرف مرة أخرى يا معاذ، أما يكفيك أنك مستودع سري وذراعي اليمنى، فأدركتها: وماذا عن قلبك؟، هل أسكنه يوماً؟، مطت شفتيها، فأدركت ردها قبل أن تنطقه، أطرقت رأسي وسلمت أمري لذمٍ وقدحٍ، فأصابني من نيران كلامها ما أصابني ووليت عنها مغاضباً.

هل حزمت أمري؟، هل أذهب إلى شيطاني؟، أوافقه على غدر قمري، ما تركت درباً إلا طرقته وسرت فيه طويلاً، ما تركت باباً إلا وكنت عنده واقفاً، ما تركت منفذاً للضوء إلا وتسربت معه لعلها ترضخ، لعلها تسمع ولكن ما من مجيب، لا ألقى منها إلا الصدودا، لا أجد في ريحها إلا الجفا، ولم ألق منها الوفا، فهل لي بالصبر على من اصطفى لنفسه عرش المكان واكتفى، مالي والعرش، لا أريده، فلتتربع عليه فأنا بحبها مكتفي.

مضيت للحانة لا أنوي السُكر ولكن أنوي لقاء شيطاني، وجدته هناك قابعاً كأنه ينتظر لقائي، تبسم تبسمه الكريه، ولكني عزمت على قراري، تربعت بجواره على مخدعٍ يقابله، رفع كأسه وتجرعه، دفع إلي بكأسٍ لم يحلو لي طعمِه، نال إجابتي رغم سكوتي، فازداد تبسمه وكرهت مُحياه ولعنت لقُياه، دفع بالكأس ثانية، فألقيت ما به بجوفي مداهنة واتفقنا على ما عزمنا، ونوينا قبيل فجر غابر أن يكون موعدنا، لنصيبها بسهمٍ نافذ، يدرك قلبها العاصي، فإن لم تكن لي فلا تكن لغيري.

١٠/٦/٢٠١٧

القاهرة

البطل القافز

تحقيق صحفي: البطل القافز
جريدة المدينة
كتبت: إسراء أيمن
السبت ١١/٦/٢٠١٧

من هو البطل القافز؟، ما هو السر وراءه؟، كثيراً ما راودني هذا التساؤل وأنا أجري تحقيقي الصحفي عن هذه الشخصية, كم هي مثيرة وغامضة و استطاعت أن تلفت أنظار مجتمع المدينة في الآونة الأخيرة إليها وتكون محور حديثهم، هل هو مثال للخير المفقود في مدينتنا؟، أم هو صراع الأشرار في هذه المدينة المظلمة؟، كان يحدوني أمل كبير في أن أصل لحقيقة الأمر ولكن لم تفضِ تحقيقاتي كلها إلى شيء محدد، فكلما ظننت أنني أقتربت من الحقيقة وجدتني أبعد ما يكون عنها وأنتهيت إلى فكرة أخرى أنه لم يعد مهماً أن نعرف إذا كان البطل القافز خيّراً أم شريراً؟، الأهم أنه فتك بأعتى الرجال وأشرهم على الإطلاق، حافظ الجوهري، ذلك الاسم الذي لن ينساه أهل المدينة طويلاً.
أكد لي مصدر مسئول في الهيئة الشرطية أن البطل القافز مدان بقتل رجل الأعمال الكبير حافظ الجوهري، وكل الدلائل تؤكد على ارتكابه للجريمة وأكد أنه من غير المقبول إطلاق عليه لقب البطل، لأنه في النهاية قاتل، ومن خلال استطلاع آراء عينة من الشارع أكدوا جميعاً أن حافظ الجوهري كان يستحق أن يموت بهذه الطريقة البشعة جزاءاً لجرائمه التي لا تغتفر بحق أهل المدينة.
وأكد أيضاً نفس المسئول بالهيئة الشرطية أن هناك شكوكا تحوم حول وجود أطراف أخرى مشتركة في هذه الجريمة ولولاهم ما استطاع المتهم أن يقوم بجريمته البشعة وأن الهيئة الشرطية تجري تحقيقات وتحريات واسعة للقبض على الأطراف الأخرى الفاعلة في هذه القضية.

وترتبط بهذه القضية قضية أخرى لا تقل عنها أهمية وهو أبو ربيعة المعروف بمهنة بائع غزل البنات والذي قتل أثنين من رجال الهيئة الشرطية وقام بتقطيعهما وبيع أعضائهما وقد اشتهر بائع غزل البنات بعد هذه الحادثة بمتاجرته بالأعضاء البشرية وهذا يفسر الاختفاءات الكثيرة التي كانت تحدث مؤخراً في المدينة للعديد من الأشخاص سواء كانوا رجالاً أو نساءً.

وتبين أن رجلي المباحث كانا يسعيان وراء صديقة البطل القافز والتي تدعى ثُرية، وحتى الآن لم تتمكن الهيئة الشرطية من العثور عليها والمرجح أن تكون شريكته في الجريمة.

في حين أكدت مصادر مقربة من أهل حافظ الجوهري أن سبب قتل البطل القافز لحافظ لم يكن أبداً بدعوى أنه ظالم ولكن لأنه شوهد عدة مرات يتردد على مكتب حافظ الجوهري وبسؤال سكرتيرة مكتب حافظ الجوهري تبين أنهما في آخر لقاء لهما قام حافظ الجوهري بطرده من المكتب معلناً بوضوح أنه يرفض الابتزاز المادي الذي يقوم به البطل القافز.

وبالتالي وفق هذه الشهادة التي لم يتسنى لي التأكد من صحتها تأخذ القضية مجرى مختلف لا تتعلق بكون البطل القافز قد فعل ما فعل بدافع البطولة ولكنه بدافع الانتقام من حافظ الجوهري الذي رفض ابتزازه المادي، ولكن أي ابتزاز مادي كان يمارسه البطل القافز مع حافظ الجوهري؟، وهو ما يدفعنا إلى سؤال آخر، هل هي أحدى جرائم حافظ الجوهري التي تناولتها الصحف على مدار السنوات الخمس الأخيرة وقرر البطل القافز أن يبتزه مادياً في واحدة منها أو أكثر، الحقيقة أنني لم استطع الوصول إلى إجابة شافية حول هذا الموضوع، خاصة وأن المصادر المقربة من أهل حافظ الجوهري رفضت أن تصرح بأي شيء بخصوص طبيعة هذا الابتزاز المادي، كذلك صرح مسئول الهيئة الشرطية أنه لم تتكون لديهم رؤية واضحة عن طبيعة هذا الابتزاز ولازال التحقيق جارياً.

يبدو أنها محاولة للتستر على واحدة من جرائم حافظ الجوهري التي عُرفت مؤخراً، ولكن الأمر اللافت للنظر أن أحد الشهود العيان والذي كان يجاور ثُرية صديقة البطل القافز أكد أنه شاهدها تغادر بيتها بعد شهر من إلقاء القبض على البطل القافز برفقة شخص ما، وبسؤال الهيئة الشرطية أكدت أيضاً أن البحث لازال جارياً حول شخصية هذا الرفيق وكل هذه الدلائل تؤكد على وجود أطراف أخرى فاعلة في قضية مقتل حافظ الجوهري.

وترددت مخاوف عن إمكانية هروب البطل القافز من السجن المركزي للمدينة وذلك لقدرته على القفز لمسافات طويلة ولكن أكد مسئول السجن المركزي أن البطل القافز تم احتجازه في زنزانة حبس انفرادي وأيضاً تم تكبيل قدميه في أرضية الغرفة وطمئن المتخوفين من إمكانية هروبه من السجن، ولكن هذا يدعونا للتساؤل أيضاً ومن هم المتخوفين من هروب البطل القافز من السجن؟، أجيب عن هذا السؤال وأقول أن كل متخوف من هروب البطل القافز من السجن من يدرك جيداً أن يديه تلتخطا بدماء بريئة أو متورط في فساد كبير استشرى في المدينة على مدار عقود طويلة.

ومن الخرافات التي يرددها الشارع أن المدينة قديماً كانت بكل الألوان ولكن أصابت المدينة لعنة قديمة منذ مائة عام تقريباً، فقدت فيها المدينة تدريجياً جميع ألوانها حتى باتت باللون الأبيض والأسود واستدل مرددي هذه الخرافات أن جميع سكان المدينة بما فيها الأجيال التي لم تشهد المدينة بكامل ألوانها يعرفون أسماء جميع الألوان حتى وإن لم يروها بأنفسهم ولكنهم توارثوا أسماءها من الأجيال التي سبقتهم وقد حضروا هذا الأمر بأنفسهم ولكن تبقى هذه مجرد خرافات مثل غيرها من الخرافات الكثيرة التي تنتشر في المدينة في ظل جو الفساد المستشري والجهل والأمية التي لها النصيب الأعظم في مدينتنا الملعونة، مما لاشك فيه أنها مدينة

ملعونة، وخاصة إنه لم يتبق فيها غير شرار القوم، هل في ذلك مبالغة مني؟، ربما ولكن هذا لسان حال رجل الشارع وجميع سكان المدينة.

رسائل الشرفة

(١)

أعلم أن رسائلي لن تصلك أبداً وأنت قابع خلف هذه القضبان ولا أمل في خروجك منها أبداً، ولكن طيفك لا يفارقني أبداً.

تطاردني صورتك في كل مكان أذهب إليه وحتى وإن لازمت داري تطاردني صورتك وصوتك يسكن في أذني ليعذب روحي التى ضاقت ذرعاً بحبك، أرى طيفك يمر سريعاً من أمامي، مرة يتجه إلى المطبخ ومرة أخرى تغادر الحمام تجفف شعرك ومن ثم تنظر لي مبتسماً ومرة أخرى وأنت مستلقي على فراشنا وتفرش على شفتيك الذابلتين ابتسامة واسعة.

أما آن لعذابك المر هذا أن ينتهي، أن تغادرني صورتك إلى الأبد، لقد عذبني قربك وفراقك، لقد أضنى روحي أن أنتظر قدومك وأنا التي أعلم أن وراء كل مرة تتجلى فيها أمامي مصيبة تخفيها وراء ظهرك كأنها علبة هدايا، لتفاجئني وياليتها مفاجأة سعيدة ولكن كل مرة تحمل لي قنبلة من الآلام والحسرة والحزن عند تجليك على باب بيتي.

كم من مرة نصحتك ألا تفعل ذلك أو ذاك، وكنت تبتسم ابتسامتك الساذجة وتخبرني أنك لا تفعل، وأنا أعلم أنك تفعل أكثر مما أتخيل، وكأن يروقك دماء الآخرين التي تسيل على يديك، لا أعلم هل أنت بطل كما يزعمون، أم أنك تقتات على دماء الآخرين لتظل حياً؟!

(٢)

لست بأفضل منك ولكن ما أعرفه أنني أقل منك شراً، لم يعد في هذه المدينة من يحمل قلباً نقياً كما روت لي جدتي وأمي الكثير من الحكايات السخيفة عن نقاء القلوب في صغري، عندما كنت أجلس بين أقدامهم استمع بشوق إلى حكايات تتلبس كلها بالزيف والخديعة والكذب عن الخير الذي كان يعم هذه المدينة.

ولكنهم أبداً لا يفسرون لي ما الذى أوصل المدينة لهذه الحالة المزرية من الشر النقي، ذلك الشر المعتم الذي يقولون عنه أنه

لون مدينتنا بالأبيض والأسود ومنذ مائة عام كانت تعم المدينة كل الألوان التي ولدنا وحفظنا أسماءها ولم نراها يوماً ثم أدّعوا بعد ذلك أن الأموات فقط هم من يرون هذه الألوان الجميلة.
وهل يرى شخص مثل حافظ الجوهري في مماته كل الألوان؟، أليس من الظلم أن يرى مجرم مثله الألوان في حين نحرم نحن من رؤية هذه الألوان، هل من حق المجرمين أن يروا كل الألوان في حين نعجز نحن عن ذلك؟!
لم يعد يؤلمني فراقك كما كان من قبل، فلقد اعتدت أن تفارقني ليال طويلة وتظهر فجأة ثم تعود لتختفي فجأة، تحمل بين كتفيك رأساً مهموماً، لا تفكر في شيء إلا الدماء، وقليلاً ما تفكر في، تحمل بين عيونك حباً أسوداً للدماء وحباً أقل طهراً لي، لربما استحق مثل هذا القدر من الحب، لأن كلنا أشرار بدرجات مختلفة كما قالت لي رحاب منذ عدة أيام.
نعم كلنا أشرار، كلنا نستحق العذاب واللعنة ولكني كنت أستحق مع كل ذلك قليلاً من السعادة التي يحظى بها غيري في ظل اللعنة والعذاب اللذين فُرضا على هذه المدينة الكئيبة، حتى أفراحها بلون الحزن، وأحزانها تحولت لفعل اعتيادي مألوف للجميع ولا يثير في نفوسهم الشجن، ولكن الكثير من الضيق والملل، غريب أمر هذه المدينة.

(٣)

قابلت صديقك اليوم، لا أعلم أكان الأمر صدفة أم ترتيباً منه، يوم أن كنت أتبضع من السوق فوجدته أمامي، غريب إنه يشبهك إلى هذا الحد، أم أنني أسقط صورتك على كل من أراه من الرجال، حتى إجابة هذا السؤال لم تعد تعنيني.
أغرقني في أسئلة جوفاء عن أحوالي وكيف أمضي أيامي بدونك، وهل يترقبني أحد من رجال جوهر أو الهيئة الشرطية؟. كنت أجيبه بدون أن أعي إجاباتي، ففي نفسي عالم آخر تتصارع فيه الأصوات

وجراحي كشظايا الزجاج أحاول لململتها لأصنع منها شيئاً مقبولاً ولكني لا أفلح في ذلك، فارقني على وعد أن يراني مرة أخرى ولكن ليس من قبيل الصدفة، تلك الصدفة التي أحسبها من ترتيبه. كالعادة يطاردني طيفك في كل الشوارع، أراك بين الأكتاف المتزاحمة في الطرقات وبين عربات الخضار والفاكهة، تتجلى أمامي بابتسامتك الساذجة دائماً، ابتسامة من يعرف أنه ارتكب إثماً كبيراً ويطلب الصفح من أمه، كم أمقت هذه الابتسامة على شفتيك الذابلتين.

أعود لبيتي المظلم لأكتب إليك المزيد من الرسائل والتي حتماً تنتهي بأن ألقيها في أرضية الشرفة، أضحك وأشرب القهوة وأدخن السجائر بشراهة، أقف في شرفتنا الضيقة، أطالع الوجوه الكئيبة، لم أر السعادة على وجوه الناس بعد أن قتلت حافظ الجوهري، لم تخبرني يوماً، كم ستكون سعيدة هذه المدينة عندما تفعل ذلك!، أرى وجوهاً واجمة بأعين لا تبصر شيئاً كأنهم الموتى الأحياء، يسيرون في طرقات تتلون بالأبيض والأسود متشحين بالسواد وقبعات بيضاء قاتمة تعلوها الأتربة.

الناس ليسوا سعداء يا عزيزي، لازالوا كما هم تعساء، لم يفلح قتلك لحافظ الجوهري في أن يطلي هذه الوجوه ببعض السعادة لأنه في الحقيقة يقبع خلف المكاتب مئات من شاكلة حافظ الجوهري، هو صنم يتم تصنيعه عشرات المرات ليّذكر الناس بقاتمة وبؤس هذه المدينة يا عزيزي، كم كنت أحمقا!، كم من مرة تباهيت بقدراتك المذهلة على القفز والآن قفزتك الأخيرة كانت خلف القضبان!، هل أنت سعيداً الآن؟، هل بلغت هدفك المنشود أخيراً؟، تقبع ذليلاً خلف القضبان تنتظر حكماً بالإعدام، ليسلبوا روحك الحمقاء، التي لازالت تعتقد أنها الفائزة، كم أنت أحمق!

(٤)

حافظ الجوهري... مرة أخرى يقفز اسمه الملعون إلى ذاكرتي الهشة، أتذكر حماستك في الحديث عنه وأنه يجب أن تتخلص هذه المدينة من شره، كنت أضحك في سري، هل تعني ما تقوله حقاً؟، هل كانت كل هذه الحماسة نابعة من ذاتك حقاً؟!

نعم لن أكذب عليك، أنا أحاول اختلاق مبررات مغايرة للحقيقة لعلي أريح بها ضميري الذي يطاردني ككلب مسعور، ضميري الذي يلهث خلفي ليذكرني بحقيقة الأمر التي أحاول دفنها في صندوقي الأسود ولكن أحياناً تفوح رائحة الخيانة من هذا الصندوق لتذكرني كم أنا شريرة، ربما مثلك وربما أكثر منك.

كل حديثي هذا بالنسبة إليك هو سلسلة من الألغاز التي لن تفهمها الآن وربما لن تفهمها أبداً، هذه الرسالة خصيصاً لا أكتبها لك، بالأحرى أكتبها لنفسي لعل ضميري وهو ينظر إليَّ شزراً الآن يهدأ ويقتنع باعترافي المبطن هذا.

جل ما سأكتبه في رسالتي هذه ما هي إلا محاولات التفاف بائسة حول الحقيقة ولكنها تتضمن الكثير من الإشارات التي قد ترضي ضميري السخيف، لعله يرحل عني ويتركني أنعم ببضع ساعات من النوم الهادئ، فالنوم في الأيام الأخيرة أصبح يمثل عبئاً ثقيلاً على قلبي، تحول إلى صراع مضني بلا طائل، أهرب منه منهكة القوى والنفس.

فلترحل يا ضميري عني.

دعني لبضعة سويعات أشعر فيها بصمت الكون كله من حولي، بلحظة يكون المكان والزمان فيه مساوياً للرقم صفر. حيث اللاشيء.

أتذكر عندما كنت تخبرني عن الزمكان الصفري، كم أريده الآن وبشدة؟؟!

(٥)

لن أخفي عليك اليوم أنني أصبحت أميل لصديقك المخلص، على الرغم من أنه يحمل بين ضلوعه قلب معتم مثلك، يشتهي الدماء مثلك، لربما هو قدري أن أرافق طيوراً على شاكلتك، تتساقط على فخذي لأحملها بكل وداعة وأهبها الحب ليعنيها ذلك على إراقة مزيد من الدماء.

هذه المدينة أصبحت الملائكة لا تفضلها منذ آمد بعيد، وأنت تقمصت دور الملاك ولكن بدا ثوب الملائكة فضفاضاً عليك، ألم تلحظ يوماً أنك لما تلبست هذا الثوب بدوت في نظري مضحكاً، لقد ترجمت ضحكاتي على أنها لحظة سعادة يجب أن أغتنمها، دعني أصارحك لقد كنت أضحك سخرية منك، هذه الرسالة سيكون مصيرها كغيرها سألقيها في أرضية الشرفة في مثل هذا اليوم الحار.

وسأستقبل صديقك لأبثه مشاعري التي حرمتني منها، لقد وعدني اليوم أنه سيكون لي ولن يحذو حذوك، لم أصدقه ولكني لا أمانع في أن أعيد ذلك الماضي الأليم مرة أخرى، فلقد تبين أنه قدري أن أحيا وسط دماء تنثرونها بكل بساطة من حولي، لربما ينتظره مصير مثلك، ولكن لا بأس يبدو أنني بدأت أعتاد هذا بل أحبه وأرغب فيه بشدة.

(٦)

هل تذكر عندما كنت تشرح لي كيف يبدو اللون الأحمر؟، أيها الأحمق وكيف لك أن تعرفه؟، فجميع ما صدّعت به رأسي عرفته من والديك كما عرفته مثلك من والديَّ ولكني تصنعت الاهتمام بما تقول وأجدت التمثيل بأن أعبر عن انبهاري وإعجابي بشرحك، تشير إلى الوردة وتقول هذه لونها أصفر، ألا ترين أن أبيضها باهت بعض الشيء في حين أن هذه الوردة حمراء اللون فأبيضها قاتم.

هو على عكسك لا يحاول إبهاري بأي شيء، يبدو طبيعياً مثلي، لا يتصنع الأجواء الفانتازية التي كنت تحاول أن تصنعها من حولي، الآن أصبحت أطير رسائلك من شرفة البيت ليست كفرشات ملونة ولكن كفرشات سوداء فكيف لي أن أعرف الألوان.
تطير رسائلك بعيداً وفي الليل تعود إلى شرفتي، منذ بضعة أيام أصبحت لا تأتيني ليلاً كما كانت تفعل، أخيراً ضلت طريقها إلى مسكني، أخيراً تحررت منك.

(٧)

أخبرني اليوم صديقك المخلص أنه يجب أن أهرب معه، فلقد عرف أن الهيئة الشرطية تطلبني، لم يكن يحتاج لأي مبرر ليدعوني لمرافقته، يكفي أن يطلب مني ذلك لأفعلها فوراً.
كنت سعيدة بهروبي معه إلى مخدعه الخاص جداً، الذي على حد قوله لا يعرفه أحد، كان بسيطاً مثله غير مغرق في التفاصيل، يشي بالراحة والطمأنينة، هو لا يعلم كما كنت لا تعلم أن لدي موهبة قراءة الأفكار، فكنت أقرأ أفكاره كلما طاب لي ذلك، وجدتها ممتلئة برائحة الدم كأفكارك ولكن الفارق بينك وبينه أن أفكاره تتعلق بأذيالها الكثير من الدماء أما أفكارك يشوبها الكثير من التعقيد.
بدأت استشعر السعادة معه وبعض الرضا، لا أعلم هل ستصفو لي الأيام أم أنه سكون ما قبل العاصفة؟، لا بأس لن أشغل نفسي في الوقت الحالي على الأقل بإجابة هذا السؤال، سأكتفي بأنه يمنحني الآن الشعور بالسعادة وبعض الرضا.
بدأت صورتك تتفتت، في اليوم الأول بعد هروبي معه، ذابت عينيك من وجهك وفي اليوم التالي أنفك، كل يوم أفقد من صورتك شيئاً منها وكم أنا سعيدة بذلك، في ظني إنه لن يمر أسبوع واحد حتى تختفي صورتك كلياً، لن تطاردني بعد ذلك، لتمنحني شعور مضاعف بالراحة والسعادة، صدقني لقد كنت عبئاً ثقيلاً على قلبي.

هل تعلم أنني عدت للرسم مرة أخرى؟، أمامي اللون الأبيض والأسود أصنع بهما العديد من اللوحات في شرفة مخدعه أمام الشجر الكائن أمام شرفته، احتسي قهوتي في صمت ويأتي هو ليمنح يومي سعادة إضافية بقبلة يطبعها على خدي الأيمن.

(٨)

قرأت مؤخراً أفكار رفيقك وعرفت بأمر علاقته بأم ربيعة، رحاب سابقاً، هل تتذكرها؟، نعم إنها هي، أضحت الآن أكبر تاجرة للأعضاء البشرية خلفاً لرجلها أبو ربيعة، ولكن على الرغم من ذلك لم أغضب، لم أستاء، كنت أعرف أنه لي في الأخير، لقد قرأت بشأن أفكاره هذه أيضاً.

يعذبه الأمر بيني وبينها وحتى الآن كفتي هي الراجحة ولكن لا أعرف إلى متى؟، لا بأس بكل تلك التقلبات فلقد أعتدتها، فلم يعد هناك خير في هذه المدينة، فكما قلت لك سابقاً أنها مدينة لا تفضلها الملائكة، أصبحت من المدن المغضوب عليها، يبدو أن خرافة أنها كانت مدينة بكل الألوان لم تعد خرافة ولكنها تتجسد أمامي الآن كحقيقة راسخة، ليست المشكلة يا عزيزي في أنها أصبحت مدينة ملعونة منذ ما يقرب المائة عام ولكن المشكلة فعلاً تتجلى في أن الناس لا تعرف من يجب أن يقتل وما الذي يجب تطهيره في هذه المدينة حتى تعود إلى سابق عهدها، فالكل مدان بدرجة ما، الكل متواطيء بشكل كبير في هذه اللعنة، لا يوجد بريء في هذه المدينة.

هل يجب أن يقلقني هذا أيضاً؟، لا أعرف، ولكن ما أعرفه أن حماقتك الأخيرة كانت بلا جدوى، حاولت أن تقتص من رأس الفساد الأكبر في المدينة لعل اللعنة تنقشع عن هذه المدينة ولكنك لم تلحظ أن الفساد استشرى في كل النفوس وفاض الإناء بما حمل، الكل يداه تلطخت بالفساد والدماء، يجب أن تزول هذه المدينة ويأتي قوم آخرون ليسكنوها، ربما تعود وقتها لسابق ألوانها ولكن

حتماً لن نرى نحن سكان المدينة هذه الألوان، نحن لا نستحق ذلك في نهاية الأمر.
١٢/٦/٢٠١٧
القاهرة

أنا الثلج

أفكاري كما تقول ثُرية دائماً بسيطة، وهذا أكثر شيء تحبه في، لكل ساكن في هذه المدينة مزية ولد بها، ومزية ثُرية أنها تستطيع قراءة الأفكار، هي لا تعلم أني أعلم عنها ذلك، سأتظاهر أمامها بأنني لا أعلم، أحب أن أمنحها شعوراً بالتميز والتفوق، أريد أن أزيل عن وجهها الذابل حزنه وكآبته لعله يعود نضراً حيوياً كما رأيتها أول مرة برفقة صديقي.

تركت أفكاري حرة أمامها تقرأها كما هي بدون أي محاولة مني للكذب، أريدها أن تراني كما أنا، أراقبها كل يوم وهي ترسم لوحاتها الجميلة والتي تراها كئيبة، لعلي أقدر يوماً على أن أطهر روحها المعذبة، لعلي أفلح في ذلك

*****

معاذ... أول اسم في مفكرتي الجديدة، تخلصت من مفكرتي القديمة بعد أن قمت بشخط كل الاسماء الواردة فيها وقد امتلئت عن آخرها بالاسماء، الآن معاذ يحتل الصدارة في مفكرتي الجديدة، ليس كل اسم مذكور في المفكرة الجديدة بالضرورة أن يكون ضحيتي القادمة ومعاذ ليس إحدى ضحاياي في الوقت الحالي على الأقل.

يتردد كل يوم على حانة قذرة في أقصى أطراف المدينة، أراهن أنه سيأتي اليوم الذي سيلحظ فيه وجودي، أحتسي الكاس الآن في انتظار قدومه في هذا الوقت تحديداً، كل مساء بعد العاشرة ينزوي إلى مائدة قصية يحتسي فيها الخمرة ويهزي باسم أم ربيعة، مسكين كم يحب هذه المرأة المرعبة والتي تتجاهل كل رغباته.

كالعادة يدخل مهموماً، ينزوي إلى مائدته ينادي على النادل ليأتيه بزجاجة خمر، يراني... الآن يراني، يحدق في ببلاهة، أبتسم وأنا أرفع الكأس إلى فمي، وضعت الكأس واتجهت صوبه.

كنت أعلم أنني سأنجح في إقناعه، من السهل إقناع أصحاب القلوب الملتاعة، نظراته المرتابة لاقترابي منه تعني أنه سيكون سهل الإقناع، الأمر يبدأ دائماً بالارتياب وينتهي بالخضوع.

*****

ثرية تعرف عني فقط أني قاتل مأجور، لا تعرف أنني كنت أعمل بالهيئة الشرطية قبل أن أستقيل منها، لم يكن الدافع للاستقالة أي أحداث دراماتيكية ولكني سئمت العمل بالهيئة الشرطية وقررت أن أؤجر مهاراتي في القتل لمن يدفع أكثر، نصحني بذلك صديقي القافز أكثر من مرة.

عندما علمت بنبأ مقتل اثنين من رجال الهيئة الشرطية على يد أبو ربيعة دفعني الفضول لأن أسأل زميلاً قديماً عنهما، فلما أخبرني عن أسميهما فارت الدماء في رأسي، فأنا أعرفهما منذ تخرجنا في الكلية حتى التحقنا بالهيئة الشرطية وعملنا معاً لفترة طويلة قبل أن أستقيل.

تقصيت أخبار أبو ربيعة وعندما وصلت إليه علمت أن أم ربيعة قتلته وأخذت مكانه في الإتجار بالأعضاء البشرية، فهي الآن رقم اثنين على مفكرتي، سأنتقم من أم ربيعة، ستدفع هي ثمن بيع أعضاء أثنين من رفقائي، يجب أن يدفع أحدهم الثُمن.

******

تواريت خلف شجرة الكافور أنتظر اللحظة التي يستدرج فيها معاذ أم ربيعة إلى الساحة الأمامية لحديقة بيتها، ظهر معاذ وتسير بمحاذاته أم ربيعة.

أم ربيعة، ما هذا السحر في عينيكِ السوداويتين، تتوقف أمام الشجرة مباشرة، تطلع إلى معاذ الذي يحاول أن يستجديها لتلبي رغباته، تنصت إليه في ضيق.

جسدها الرشيق يتمايل إلى اليمين قليلاً وقد على محياها الملل من حديث معاذ، الفستان الذي ترتديه يجسد جسدها الرشيق بدقة، تحين منها التفاتة إلى شجرة الكافور، لا أعلم، هل تراني من خلف الشجرة وأنا أمسك مسدسي الكاتم للصوت، هل تشعر بوجودي؟

لا أعلم لماذا خفق قلبي بقوة؟، ما الذي فعلتيه بي يا أم ربيعة؟، معاذ يلوح بيديه في غضب ويستجديها مرة أخرى، تحين منها التفاتة أخرى مطولة هذه المرة إلى الشجرة، أكاد أقسم أنها إما تراني أو تشعر بوجودي، أنها تبتسم، تمرر أنامل يدها اليمني الرقيقة بين خصلات شعرها فاحمة السواد.

يسقط معاذ على ركبتيه يبكي، تنظر إلى معاذ باستهجان، تلتفت للمرة الثالثة والأخيرة إلى شجرة الكافور وتقول بصوتها الأخاذ:

- إنني في انتظارك أن تأتيني غداً.

حسب معاذ أنها تكلمه، انتفض واقفاً يحاول أن يخطف يدها اليمنى يقبلها، ولكنها تسحب يدها في تأفف، تستدير كملكة أو كساحرة، لا يهم، المهم أنها تستدير لتمضي في طريقها إلى داخل البيت وخفقات قلبي تزداد، يقف معاذ محبطاً ثم ينظر شزراً إلى الشجرة ويعاود النظر إليها مرة أخرى ليطمئن أنها دخلت إلى البيت، يندفع إلى الشجرة ليصبح في مواجهتي قائلاً بغضب:

- لماذا لم تفعلها؟

أفقت من شرودي على صورته المقززة ثم قلت بدون اكتراث:

- ليس اليوم.

- ألم نتفق؟

تحركت من مكاني باتجاه السور متجاهلاً وجوده، لحق بي وهو يصيح صيحة مكتومة مفعمة بالغضب:

- إني أحدثك.

التفت إليه قائلاً في حزم:

- انتهى الكلام بيني وبينك.

نظرة الخوف في عينيه، هي ما أرغب فيها الآن، لا أريده أن يوقظني من شرودي الجميل، أتجهت إلى السور، اعتليته في خفة وكان آخر ما سمعته منه قبل أن أقفز:

- إذن متى؟

لست مضطراً للإجابة عن سؤاله الأحمق، لقد قررت أن أراها غداً، سامحيني يا ثرية ولكنها أم ربيعة!

****

كنت أنتظرها أمام مقعدين ومائدة مستديرة في الساحة الخلفية لبيتها أسفل تكعيبة عنب تدفع بعيداً أشعة الشمس الحارقة وتجعل نسمات من الهواء البارد تهب على المكان.

تظهر أم ربيعة كساحرة أو كملكة، كما قلت سابقاً، لم يعد مهماً، المهم أن قلبي يخفق مرة أخرى وبقوة، تحمل صينية عليها كأسين وبرّاد من الشاي، تتقدم نحوي في خفة، تعلو شفتاها المكتنزتان ابتسامة خلابة، معه حق أن يذوب فيكِ أبو ربيعة عشقاً ويمنحك أسرار مهنته ولن أتفاجيء إذا علمت أنه كان راضياً أن يموت على يديكِ يا أم ربيعة وأعذر معاذ في خبله بكِ.

توقفت أمامي ومالت على المائدة بدلال خاص تضع الصينية ومن ثم تنتصب واقفة تدفع خصلات من شعرها الأسود الناعم المتهدل على جبينها إلى الخلف فتطاوعها الخصلات في رضا وسعادة.

تجلس وتدعوني للجلوس، أجلس مسلوب الإرادة، تصب لي الشاي وتدفعه نحوي قائلة بصوتها الناعم الرقيق:

- تفضل.

لم أنظر إلى كأس الشاي مرتاباً، تبسمت وأنا أرفع رأسي لعينيها الساحرتين قائلاً:

- إن أردت تخديري، فلا حاجة لكِ في أن أجرع هذا الكأس، أطلبي فقط ذلك وسأكون سعيداً بأن تمزقي أوصالي.

- اطمئن لا أريد بيع أعضائك، فأنت تروقني أيضاً.

لكل إنسان مزية، فهل مزيتها سلب لبُ الآخرين؟، لربما كانت هذه مزيتها، يجب أن يدور رأسي وتضطرب شفتيَّ لقولها هذا، أجدني رغماً عني مبتسماً، أتأمل في محياها الجميل الفاتن، تلك النظرة الماجنة الساكنة بعينيها تخبرني الكثير، تخبرني أنها تريدني، يدخل معاذ بدون استئذان إلى المكان ليشحب وجهه عندما يقع ناظريه عليَّ، لم يكن يتوقع وجودي في هذا الوقت وتحديداً في هذا النهار المشرق، تطلع إلي بمغزى خاص أحسب أني استطعت تخمينه جيداً فهي تعلم بمخططه، يا لحظك التعيس يا معاذ، أعتقد أنه لن تشرق عليك شمس أخرى غداً.

- جئت أسألك.

- عما؟

- إن ....

كان ينظر لي مذهولاً، يحاول أن يستعيد هدوءه ولكنه يفشل وهو يواجهها مرتعداً يقول ملتعثماً:

- اليوم... عن اليوم.

- أذهب يا معاذ الآن.

كأنه كان ينتظر منها هذه الإشارة لينصرف مسرعاً يحاول أن يهرب من نظراتها المخيفة، تعيد إلى عينين تتلونان بسرعة لتعود إلى صفائهما وهدوئهما.

- هل عرفت مهري؟

- ثم تتخلصين مني بعد ذلك.

- لقد قلت لك: أنت تروقني.

أومأت برأسي راضياً، لا أعرف هل أصدقها حقاً؟، هل ألقت عليَّ سحرها ولن أستطيع منه هرباً، لا بأس، فأنا أحب هذا السحر الذي ألقته عليّ.

*****

أدخل إلى المكان فيعتريني شعور قوي بالذنب وتأنيب الضمير، أسمع صوت جلبة تحدثها في مطبخي الصغير، أتجه إلى المطبخ متطلعاً إليها راسماً ابتسامة مرتجفة على شفتيَّ.
تدير رأسها في بطء اتجاهي ومن ثم تقول بجفاء:

-   عدت أخيراً.

-   نعم عدت.

تحدق في لبرهة من الوقت ثم تقول وهي تعود إلى مزاولة الطبخ مرة أخرى:

-   رائحتك تفوح منها الدماء، من قتلت؟

-   ولماذا تظنين أني قتلت أحدهم؟

تبتسم ولا ترد، أنها تقرأ أفكاري الآن، كذبتي تبدو مبتذلة أمام قارئة للأفكار مثلها، هي تقرأ الآن اسم معاذ، يتردد في رأسي بعد سؤالها الأخير.

-   مهمة أخرى يا ثُرية، أنت تعرفين مهنتي وقلتِ سابقاً أنك تتقبلينني على هذا النحو وهو ليس بالجديد عليكِ.

-   تحمل مفكرة مثله.

-   نعم، المهن المشتركة أدواتها واحدة.

هزت رأسها ولم تحر جواباً، أكتفت بتقليب القدر الذي بين يديها ثم قالت في جفاء:

-   سيكون الغداء جاهزاً بعد نصف ساعة، يمكنك أن تذهب لتغتسل من دمائه.

لم يعجبني هذا التلميح ولكنني هضمته نتيجة لشعوري بالذنب وانصرفت عنها في صمت متجهاً إلى الحمام، هل قرأت اسم أم ربيعة في رأسي، حاولت أن أواريه وأردد فقط طوال الوقت اسم معاذ، ولكن حدسها الأنثوي يخبرها على أني علاقة بأخرى، يبدو ذلك جلياً في عينيها.

لا بأس سيكون الأمر جيداً إن لم تناقشني فيه اليوم وربما غداً أو بعد غد ستعود مرة أخرى إلى طبيعتها سعيدة مرحة.

****

ذهبت للقائه، لا أعرف لماذا دفعتني قدمي لأن أذهب إليه؟، طلبت من أحد رفقائي القدامى بالهيئة الشرطية أن يستخرج لي تصريحا لزيارته في سجن المدينة.

كنت أنتظره في غرفة خاصة مراقبة بالصوت والصورة، مضت دقائق ثقيلة حتى فُتح باب الغرفة ودخل إليه رجلان يمسكان بصديقي القافز مكبلاً بالأغلال في قدميه ويديه، على شفتيه ابتسامة ساخرة.

جلس على الطرف المقابل للمائدة المربعة يتطلع إليَّ لبعض الوقت، يحاول أن يستشف السبب وراء الزيارة، قطعت عليه أفكاره قائلاً:

- كيف حالك؟
- لماذا أتيت؟
- لأسألك.
- عنها.

ابتسمت لفطنته قائلاً:

- ذكائك دائماً حاد.

هز رأسه ولم يحر جواباً، فبادرته قائلاً:

- أصبحت مؤخراً تتحدث عن رغبتها في رؤية الألوان كلها.

مط شفتيه ثم قال:

- كانت دائماً ما تردد ذلك.
- إذن هي ليست المرة الأولى.
- لا تعلم متى ستقدم على هذه الخطوة، قد تفعلها يوما ما فعلاً.
- الانتحار.

ظهرت على وجهه أمارات السخرية وهو يرد:

- وهل هناك من سبيل لرؤية الألوان كلها سوى بالموت أو الانتحار؟

- دائماً ما كنت أمقت سخريتك.

- من المفترض أنك اعتدت ذلك.

لم أرغب في الخوض معه في نقاش عقيم، فضلت أن ألتزم الصمت لبعض الوقت الذي قطعه هو قائلاً بحزم وجدية:

- إن كنت تخونها مع غيرها توقف عن ذلك.

- كثيراً ما أمقت أيضاً ذكاءك الزائد عن الحد.

ضحك ضحكة مبتورة وهو يرد:

- ذكائي الحاد قادني إلى هنا.

- لماذا قتلت حافظ الجوهري؟

- لأنه يستحق ذلك، وأعتقد أيضاً أنك لم تأت إلى هنا لتسألني هذا السؤال فكان الحديث في البداية عنها فقط.

- أشك في أن دافعك لقتله أنه فقط يستحق ذلك، هل كنت واعياً يوم فعلت ذلك؟

- أعتقد أن زيارتك أصبحت ثقيلة الظل.

هزة رأسي تشي بأنه لم يفهم ما أرمي إليه، أخشى أن تصدق ظنوني بشأن أمراً ما يجول بخاطري، صرفت أفكاري معقباً على كلامه:

- على الرغم من ذكائك الحاد إلا أنه فاتك أن تسأل نفسك هذا السؤال، هل كنت واعياً يوم قتلته؟، هل كان الدافع نابعاً بالفعل منك؟

- تلميحك سخيف ولا أقبله.

وقفت معلناً انتهاء زيارتي له، هو فهم ما أرمي إليه تماماً ولا أعلم لماذا أحببت أن ألقي بين يديه عبارتي الأخيرة ولكني كنت أرغب بشدة في قولها قبل أن أذهب.

- أعتقد أنك بدأت تعي ما أعنيه الآن، لم يكن في نيتي أن أجعلك تندم ولكنني أدعوك للتفكير، هل أنت من قتلته فعلاً؟ نظراته الحادة تجيب سؤالي بوضوح شديد، نعم أنا أقل ذكاءً منه ولكن حدسي كشرطيٍّ سابق يخبرني بأن هذا القرار لم يكن نابعاً من خالص إرادته.

تحركت صوب الباب أطرقه، هو لازال على وضعه جالساً، أعضاء جسده كلها في حالة تشنج ويمكنني بدون أن أرى وجهه أن أخمن كم هو مغتاظاً الآن، لا بأس كان عليه أن يفكر في هذا الأمر من قبل.

فُتح الباب وهممت بالخروج لولا أن استوقفني بقوله:

- حتى لو كان ما تلمح إليه صحيحاً، فلست نادماً.

- هذا جيد لأن هناك سنوات أبدية تنتظرك في السجن، لا معنى أن تقضيها في الندم على ما فعلت.

كنت أعرف أن كلماتي الأخيرة قاسية للغاية، لم تكن لدي رغبة أن أجعلها على هذا النحو ولكنها الحقيقة في نهاية الأمر.

- تذكر أنه ينتظرك مصير مثلي، قد لا يختلف كثيراً وقد يكون أسوأ، فأنت برفقتها الآن.

التفت إليه متطلعاً لثانية واحدة فقط لوجهه المحدق في بتحدٍ في غير محله ثم قلت بهدوء:

- ربما سيكون أمري مختلفاً فأنا من الممكن أن أتخلى عن الأشياء التي أحبها بسهولة بعكسك تماماً.

كان يجب أن أغادر المكان، هذا التراشق بالألسن لا داعي له، يكفي ما هو فيه الآن، هذا هو الوقت المناسب لأنسحب تماماً، الآن أدركت لماذا قادتني قدماي لزيارته، كنت أفكر في ذلك وأنا أسير في الرواق متجهاً إلى المصعد، كان يجب أن أتأكد من ظنوني عنها وهو الآن أكدها لي على نحو كبير، ربما تبقى مجرد ظنون وربما لا، ولكنها كانت زيارة مهمة على أي حال.

*****

- لو سمحت.

التفت ورائي لأرى فتاة في عقدها العشرين، ربما في منتصفه، نحيلة، سمراء البشرة، لا تهتم بتصفيف شعرها على نحو جيد كسائر النساء، حتى ملابسها لا تنبئ بأدنى نوع من الاهتمام. ابتعدت يدي عن مقبض باب سيارتي محدقاً بها فابتسمت ابتسامة مرتبكة وهي تمد يدها مصافحة تقول:

- أنا الصحفية إسراء أيمن.

- أهلاً.

- أهلاً بك.

يدها خشنة بعض الشيء، كل أمورها لا تتناسب مع فتاة، يضايقني ملمس يد الفتاة الخشن.

- أردت أن أسألك عدة أسئلة إذا كان ذلك ممكناً.

- وإن لم يكن ممكناً.

تجاهلت ردي الساخر وأكملت قائلة بضحكة مفتعلة:

- هل تحب أن تحتسي معي فنجان من القهوة؟

- وإن قلت لا.

للمرة الثانية تتجاهل ردي الساخر وتشير إلى كافيه على ناصية الشارع:

- ما رأيك بهذا الكافيه؟، يصنعون به قهوة جيدة، هلا ترافقني إلى هناك؟

لفت نظري إصرارها ونظرة الاستجداء في عينيها فابتسمت رغماً عني ورافقتها إلى الكافيه، عندما اتخذنا مجلسنا وطلبنا القهوة، مالت نحو المائدة قائلة بحماس طفولي:

- عرفت أنك ترافق صديقة البطل القافز.

بعد أن رفعت القهوة أعدتها إلى المائدة مرة أخرى ونهضت من فوري واقفاً، وقفت هي الأخرى قائلة بانفعال:

- لا تدع مذاق القهوة يفوتك.

ترسم ابتسامة مهزوزة على شفتيها فعقبت بضيق:

- لا أجد ما تقولينه لطيفاً بالمرة.

- أرجوك اجلس.

نظرة استجداء أخرى من عينيها، يبدو أنني ضعيف أمام النظرات الأنثوية حتى لو صدرت عن امرأة خشنة مثلها، جلست مرة أخرى شابكاً أصابع يدي أنتظر منها الحديث.

- هي بضعة أسئلة أريدك أن تجيب عنها.

- لماذا تبدين كل هذا الاهتمام بشأن البطل القافز؟

- لأنه قتل حافظ الجوهري مثلاً.

- وإن يكن.

- لا تحاول أن تجعل الأمر بسيطاً، أنت تعلم من هو حافظ الجوهري.

- وكانت هذه آخر حماقاته ونال عقابه عليها.

- هل ترى أنه يستحق العقاب؟

- القانون يقول أنه يستحق العقاب.

- أنا أسألك أنت ولست أسأل القانون.

- لا تعليق.

توقعت أن يعلو وجهها الضيق من ردودي الفاترة المقتضبة ولكن بدت أكثر حماسة على نحو غريب وهي تشير بعينيها إلى فنجان القهوة الخاص بي قائلة بمرح:

- أشرب فنجانك قبل أن يصبح بارداً.

- آنسة ....

- إسراء... إسراء أيمن

- حسناً، لا يوجد ما هو مثير في تفاصيل حياتي.

- المثير هو وجودها برفقتك.

- ما المثير في ذلك؟

- المثير في الأمر، هل كان دافع قتل البطل القافز لحافظ الجوهري نابعاً من إرادته الشخصية أم ......

يبدو أن الذكاء طابع عام في هذه المدينة، يبدو أنه ليس البطل القافز وحده الذي يتمتع بهذه الصفة فقط، رغماً عني جذبني حديثها حول تلك الفرضية التي تجول بخاطري وتأتي العديد من المؤشرات لتؤكدها.

- وهل تعرفين أنها...؟
- نعم أعرف، فلي مصادري الخاصة، فهي قادرة على قراءة أفكار الآخرين ودعني أخبرك بالأكثر إثارة.
- ما هو؟
- أنها تستطيع التحكم في عقول الآخرين.
- هل لي أن أعرف كيف عرفت ذلك؟

أسمع دقات قلبي جلية، إن صدق كل هذا الكلام فأنا أعيش في خطرٍ حقيقي، لقد جلبت إلى مخدعي الخاص كارثة كبرى.

- من تقارير طبية حصلت عليها من مستشفى الأمراض النفسية التي كانت تعالج فيها.
- مستشفى أمراض نفسية!
- نعم.
- يبدو أن هذه موهبتك.

عقدت حاجبيها في استعجاب متسائلة:

- ماذا تقصد؟
- تقصي الحقائق.

ضحكت في مرح قائلة:

- لا تنسى أني صحفية.
- بل جنية.

ضحكت ضحكة مجلجلة لفتت إلينا الأنظار، ضحكة أظهرت صفي أسنان يعلوهما الاصفرار من كثرة شرب السجائر.

- أنتِ مدخنة.

بترت ضحكتها وهي تضرب جبينها قائلة بصوتٍ خافت:

- آفتي التي لا أستطيع التخلص منها.

لم أعلق، فقط اكتفيت بالصمت وأنا احتسى من فنجان القهوة، أحاول أن أحي خلايا مخي الميتة، أحاول أن أفكر في كل هذا الكم من المفاجآت التي تتوالى.

- هل تخشى أن تفعل معك المثل؟

- أعتقد أن الحديث انتهى بيننا عند هذا الحد.

- أرجوك.

قررت أن أحسم الأمر هذه المرة ولا أنصاع لنظرات عينيها المستجدية، نهضت واقفاً فنهضت هي الأخرى.

- أمنحني هذه الفرصة.

تحركت صوب باب الكافيتيريا في حين أشارت هي للنادل أنها ستعود مرة أخرى فأومأ برأسه وتبعتني في خطوات أشبه بالركض.

- لماذا تركت الهيئة الشرطية؟

- الأمر لا يعنيكِ.

- قضية الرشوة، أليس كذلك؟

توقفت عن السير بعد أن تخطيت باب الكافيه، وبشكل لا إرادي كورت قبضتي اليمنى، كنت على وشك أن ألكمها في وجهها ولكنني تراجعت عن ذلك ومضيت في طريقي.

- أجبني.

- لقد ثبتت برائتي من هذه التهمة.

- لأن حافظ الجوهري تدخل في الأمر بواسطة علاقاته المتوغلة في الهيئة الشرطية.

- صدقيني يوماً ما ستلقين حتفك نتيجة لحشر أنفك فيما لا يخصك.

- هذا عملي.
- سيقودك إلى الموت.
توقفت عن المسير قائلة بصوت يائس:
- عندئذٍ ستتاح لي الفرصة لأن أرى كل الألوان.
توقفت أنا أيضاً ملتفتاً إليها، لوحت بذراعي اليمنى قائلاً بانفعال:
- ما شأنكن أيها الفتيات، لماذا تسعين كلكن لرؤية كل الألوان؟
- لأنها الأمر الوحيد المتبقي لنا الاستمتاع به في ظل هذه المدينة السوداء.
هززت رأسي علامة اليأس ومضيت مرة أخرى باتجاه سيارتي، تبعتني كطفل في إصرار بالغ قائلة بصوتٍ مرتفع:
- هل يمكنني على الأقل مهاتفتك؟
- لن أتفاجيء إذا كان معكِ رقمي؟
توقفت أمام السيارة ملتفتاً إليها لأرى ابتسامة كبيرة تعلو وجهها وتهز كتفيها، فتحت باب السيارة لأتخذ مقعدي، أغلقت باب السيارة لتميل هي على النافذة تدق عليها، ضغط على زر إنزال الزجاج متطلعاً إليها في تساؤل.
- متى أهاتفك؟
- عندما تتمكنين من رؤية كل الألوان.
- سخيف.
ابتسمت رغماً عني وبشكل لا إرادي وجدتني أقول:
- لو لم أكن أحبها لربما كان من الممكن جداً أن أرتبط بك.
رأيت الخجل يتسرب إلى ملامحها وابتسامة سعيدة ترتسم على شفتيها، عقبت قائلة وأنا أدير محرك السيارة:
- إذن يجب أن أشعر نحوها بالحسد.
- لا بأس، فعلتها فتيات آخريات قبلك.

- أنت مغرور.
- وأنتِ مثيرة!

رفعت كفها الأيمن تلوح لي علامة الوداع، فأومأت برأسي وتحركت بسيارتي لتغزو شفتي ابتسامة واسعة، يبدو أن قلبي يسع الكثير جداً من النساء.

******

وقفت على باب غرفتي، غاضبة الملامح، تضع يدها اليمنى على خصرها، وضعت نظارة القراءة على المنضدة بجواري ثم قلت لها بهدوء:

- والآن ماذا؟
- هل تحب أم ربيعة؟

اللعنة، لقد قرأت اسمها في عقلي ربما وأنا نائم، أجبتها بهدوء:

- تقصدين صديقتك رحاب.
- هل يهم الاسم؟، أم تحاول الهروب من السؤال.
- أريدك أن تهدئي فقط.
- أعلم أنك أصبحت تعرف أن لدي القدرة على قراءة الأفكار.

رفعت حاجبي وأضفت ساخراً:

- والتحكم فيها أيضاً، أليس كذلك؟
- يبدو أنك تعرف عني أكثر مما أظن.

أشرت إلى الفراش قائلاً:

- تعالي يا ثُرية.

لانت ملامحها وهي تتقدم نحوي ببطء ودلال تجلس على طرف الفراش، تطرق برأسها أرضاً في حزن، كم أعشق تلك الأفعال الأنثوية، تستطيع أن تأسرني بهذه الأفعال.

قالت بصوت نجحت في أن تصبغه بالدلال والعزوبة والرقة وقليلاً من الاستجداء المحبب إلى قلبي:

- هل تحبها أكثر مني؟
- كلا.
- هل أنت على استعداد للتخلي عنها؟
- كلا.

انقلبت ملامحها للغضب، ضحكت رغماً عني وملت للأمام أقبل جبينها ثم ابتعدت عنها قائلاً بهدوء:

- ألا يكفيكِ أني أحبك أكثر منها.
- أعلم أنها أجمل مني وأعلم أنها لديها القدرة على سلب لب الآخرين بإغراءتها وفتنتها اللافتة.
- هي فعلاً كذلك.
- ويروقك الأمر.
- لا أستطيع أن أكذب وأقول لا.
- ليس جميلاً أن تكون صريحاً على هذا النحو أمام امرأة تحبك.

كمن أضاءت لي فكرة كنت أحبسها في صندوق مظلم، أخرجتها بعبارتها الأخيرة لأجدني أندفع قائلاً:

- هل فعلاً تحبينني أم هو حب امتلاك؟
- فسرها كما تحب.
- ماذا تريدين يا ثُرية؟
- أن تقتلها.

فاجأني أنها قالتها بحزم، لم تكن فكرة طرأت على رأسها للحظة، ولكنها كانت مختزنة في رأسها منذ فترة، ثُرية الرقيقة الوديعة تحرضني على قتل صديقتها، هل هو حب؟، أم حب امتلاك؟، أم غيرة؟، أم كل هذه الأمور مجتمعة.

- تريدني أن أقتلها.
- نعم.
- منذ متى والشر يكمن في قلبك هكذا.

- أي امرأة على وشك أن تفقد من تحب يمكنها أن تكون الأكثر شراً على وجه الأرض.
- هل تعرفين ما هو الغريب في هذا الأمر؟
- لا أريد أن أعرف.
ابتسمت أمام ملامح طفولية غاضبة واستطردت:
- أنها لم تطلب مني يوماً أن أقتلك، بل رحبت بأن تشاركك في.
- لا يعنيني أن تبدو في ناظريك أفضل مني.
حاولت أن أربت على كتفها الأيمن ولكنها دفعت يدي في عنف، فعدت أستند إلى ظهر الفراش مفلتاً نفخة قوية، أهز رأسي في يأس.
- يجب أن تخبرني الآن، هل ستفعل ذلك أم....؟
صمتت ولم تضف، استطيع أن أخمن باقي الجملة، ربما لست قادراً على قراءة أفكارها ولكن هذا لا يمنع من أنني أصبحت أعرفها جيداً.
- أم ماذا يا ثُرية ستدفعينني لأن أفعل شيئاً ما يجعلني أقبع خلف القضبان للأبد.
نظرة عيناها تنشي بأنها فهمت مقصدي جيداً، هزت رأسها ثم نهضت تتجه إلى باب الغرفة، أتابعها في صمت والقلق يدب في قلبي، التفت إلي قائلة:
- فكر في الأمر، إما أنا أو هي.
- وماذا عن كلاكما معاً؟
- لن أقبل بذلك، عليك أن تختار الآن.
تركت الغرفة ملقية بي في مرجل يغلي، عليَّ أن أختار بين خيارين كلاهما لا أحبذه وأنبذه بشدة، لماذا لا أستطيع الاحتفاظ بكلتيهما؟، ما الذي ينقصها من السعادة معي، هل هو حب الامتلاك؟

اندفعت وراءها إلى صالة البيت لأجد الهدوء قد عاد إلى ملامحها، تجلس على الأريكة تتابع التلفاز وتقلب القنوات.
قلت بانفعال:
- لا تدفعيني للاختيار لأني لا أحبذ هذا الأمر.
بدون أن تلتفت إليَّ قالت بهدوء شديد:
- هل تحب أن آتي يوماً وأخبرك أنني أحب شخصاً آخر غيرك، وما المانع أن يتقاسمني معك؟
هذه المقارنات السخيفة التي أكرهها بشدة، ليس الرجل كالمرأة، كيف تفكر؟
قطعت أفكاري قائلة بحزم:
- لا فرق بين الرجل والمرأة في هذه الأمور، ما لا تقبله على نفسك لن أقبله على نفسي، تذكر ذلك جيداً.
رأسي يكاد ينفجر، نعم، أحبك يا ثريّة ولكن ما تطلبينه أكثر مما أحتمل، هذا الأمر أكبر مني، حقيقة أنت تطلبين المستحيل بعينه، لما لا تقبلين بالوضع الراهن.
- لن أقبل به وطالما أنك تحبني ليس كثيراً عليِّ أن تنفذ لي طلبي الوحيد والأخير.
صحت بها منفعلاً:
- توقفي عن قراءة أفكاري.
- آسفة.
اتجهت لاإرادياً لأجلس بجوارها، الأدق أنني لم أجلس بل ألقيت بنفسي على الأريكة لعل مع اصطدامي بها يزول عني كل هذا الغم ولكن لم يحدث ذلك للأسف.
أدرت رأسي لها وجدتها تتطلع إلى بتحفز، قلت لها:
- وكيف أقتلها؟
- أنت تعلم جيداً كيف تقتلها، كما تقتل كل ضحاياك.
صمتت ثم أضافت بصوت ذات مغزى خاص:

- أنت الثلج.

أنا الثلج .....

أنا الثلج.....

تلك الكلمتان تتضخمان في رأسي بعد أن نطقت بهما.

أنا الثلج ......

- يمكنها أن تسلب عقلي فأنت تعلمين لديها قدرة خاصة على سلب الألباب بفتنتها.

لأول مرة أرى شبح ابتسامة مخيفة يرتسم على شفتيها وهي تقول بصوت بدا أكثر تخويفاً:

- هنا يأتي دوري يا عزيزي، فسيكون عقلك ملك يدي، سأتحكم فيه لأوقف سلبها لعقلك.

أيضاً عيناها تشعان ببريق مخيف، أنتِ تقودين مشاعري نحوك إلى الهاوية يا ثُرية، أحذري ذلك، لا تجعليني أخافك فأكرهك.

- أفعل ذلك من دافع حبي لك، لا داعي للخوف.

- ألم أقل لكِ توقفي عن قراءة أفكاري.

- هل ستفعل؟

نهضت من مجلسي قائلاً بصوت يكسوه الإحباط واليأس:

- دعيني أفكر في الأمر.

- فلتكن زيارتك لها اليوم هي الزيارة قبل الأخيرة، سأتركك الليلة فقط لتهنأ منها بلقاء أخير ثم .....

لم يكن هناك من داعي لأن تكمل حديثها فأنا أعرف ما تريده بالضبط، اتجهت إلى غرفتي أبدل ملابسي، هل بالفعل سيكون لقائي اليوم بأم ربيعة اللقاء الأخير؟

حمداً لله أن أم ربيعة ليست لديها ملكة قراءة الأفكار، سأجعلها ليلة رائعة، ستكون ليلة مختلفة، يجب أن تكون كذلك، فلربما هو بالفعل اللقاء الأخير.

*****

شارداً.... هذا هو حالي الآن، الشرود، التيه في فضاء سرمدي، لقد قتلت أم ربيعة، فأنا الرجل الثلج كما قالت ثُرية، أتذكر عيني أم ربيعة الجاحظتين، أتذكر جلدها الذي يتحول إلى اللون الرمادي الباهت ثم إلى القاتم، أنفاسها تخرج منها بصعوبة، حشرجة صوتها وهي تمسك بيدي، أو أمسك أنا بيديها، الضباب الذي يغلف المشهد بالكامل ودموعي تتساقط.

نظرة الفزع والمفاجأة في عينيها، ثم يخترق هذا المشهد صورة أخرى لثُرية وهي تقف كتمثال رخامي على بعد خمسة أمتار من الحديقة الأمامية لبيت أم ربيعة، لا تشي ملامحها بأي انفعال، جموداً صخرياً.

فقط الجمود.

من أين لك بهذه القسوة يا ثُرية؟

يبدو أن كل من بهذه المدينة ملعوناً بدرجة ما، فقدت هذه المدينة طهرها منذ أمد بعيد، كما كانت تقول أمي لقد أصبحت هذه المدينة مدينة ملعونة لا تفضلها الملائكة، بل أقول أن الملائكة أيضاً هجرتها منذ أمد بعيد.

يبدو أننا حفنة من الشياطين، تختلف درجات الشر ولكن يستوي في نهاية الأمر أننا كلنا شياطين، يبدو أن الشر فينا تغلب بدرجة كبيرة على أي نزعة للخير.

لا أظن أن اللعنة في هجر الملائكة لهذه المدينة أو أنها أصبحت باللون الأبيض والأسود، اللعنة الأكبر أو اللعنة الحقيقية في أهل هذه المدينة الكئيبة.

نحن اللعنة وليست المدينة، نحن العيب بلا شك.

أفقت من شرودي عندما صفر بّراد الشاي، فرفعته عن النار لأصب الماء الساخن في الكوب، لتتلون المياه الشفافة بالأسود القاتم لأوراق الشاي.

هي من خلفي تنهمك في رسم لوحة جديدة، للرجل الثلجي، أنا موضوع لوحتها الجديدة، أنا الوحي المكون لهذه اللوحة المقيتة، اللوحة الوحيدة التي أمقتها لها، ولكني لا أستطيع التعبير عن مقتي، أصبحت أخافها كثيراً، هل هي ثُرية التي عرفتها أول مرة عندما التقيتها برفقة صديقي القافز؟، أشك أنها تلك الفتاة الرقيقة الوديعة التي كنت أعرفها حينها.

أقلب الشاي بدون تركيز حقيقي، أظل أقلب ولا أتوقف، تجذبني شتات أفكاري لأن أوغل أكثر وأكثر في منطقة معتمة مظلمة، أكثر سواداً من هذه المدينة.

أخيراً أتوقف عن تقليب الشاي، أرفع الكوب وإذ فجأة أجدني ألقى بالكوب باتجاه الحائط الأيمن ليتهشم، لا أرى وجهها ولكني أتخيل ابتسامة واسعة تفترش شفتيها.

- لماذا فعلتِ ذلك يا ثُرية؟

- أمزح معكِ، أريدك أن تستفيق من شرودك هذا، ألا يكفيك أسبوعاً كاملاً وأنت على هذا النحو.

الغضب... الشعور بالغضب يتصاعد بداخلي يختلط كدخان أبيض بآخر أسود، شعور آخر بالقلق أو بالأحرى الخوف، يمتزج الأبيض والأسود ليصنعا دخاناً رمادياً، يتسرب من رأسي ليغلف كل المشهد أمامي الآن.

- لماذا دفعتي القافز لأن يقتل حافظ الجوهري؟

كنت أريد أن أرى تعابير جسدها، هذا ما أردت أن أراه بالفعل، تجمدت يدها اليمنى الممسكة بالفرشاة، تتخلص من جمودها المفاجيء وتضع الفرشاة بهدوء على منضدة خشبية مستديرة إلى يمينها وتقول ببطء من يفكر في كذبة ما:

- ما الذي دفعك لأن تقول ذلك؟

- أجيبي على السؤال يا ثُرية.

- لم أفعل.

- الأمر لا يحتاج لأن أقرأ أفكارك ولكنك تكذبين يا ثُرية.

الصمت... ذلك الصمت المخيف، هل ستحاول التلاعب بعقلي الآن؟، حتى الآن لم تفعل ذلك، إذن هي لم تفكر في كذبة جيدة، لم يعد كافياً أن تتلاعب بعقلي لأمرر بسهولة ظنوني وشكوكي تجاهها.

- هل شعرتي بالملل من معاشرته؟

- لن أكذب عليك وستكون الإجابة، نعم.

- لماذا؟

- لأن كل ما كان يشغله الدماء، كنت أنا في ذيل اهتماماته.

- وما الفارق بيني وبينه؟، أنا أيضاً تشغلني دماء الآخرين.

- الفارق كبير، على الأقل لست في ذيل اهتماماتك، لقد ضحيت بأم ربيعة من أجلي وهذا يكفيني.

- وإن مللت العشرة معي؟، هل ستدفعينني لأن أقتل شخصاً مثل حافظ الجوهري لتبحثي أنتِ عن متعة جديدة ترافقيها؟

نهضت من مكانها والتفتت إليّ قائلة بحزم:

- لن تصلح حياة بيننا يعتريها الشك.

- لماذا لم تهجريه مباشرة؟، لماذا دفعتيه لقتل حافظ الجوهري؟

لم تجب، لا يسعدني ذلك، أن أصيب في كل تخميناتي، هو أمر مؤسف، كنت أتمنى أن تخيب ظني.

صمتها يحنقني، يدفعني للجنون، يدفعني لأن أُقتلها.

اقتربت منها وتبمست، فلانت ملامحها المتحفزة، وضعت كلتا يدي على جانبي وجهها، ارتسمت ابتسامة مهزوزة على شفتيها، هذا ما أريده بالضبط.

ملامح وجهها تتقلص، وحشرجة مماثلة لحشرجة أم ربيعة تخرج من فمها، تقول بصوت مختنق:

- توقف، ماذا تفعل؟

قربت وجهي من وجهها الذي بدأ يتلون بالأزرق، لا تسألني كيف عرفت أنه اللون الأزرق ولكن تغير لون الوجه يعني أنه يتلون بالأزرق الباهت أولاً فوجهها الآن أكثر بياضاً، قلت بصوتٍ هامس:

- لا داعي لأن تدفعيني لقتل أحدهم يا ثُرية حتى تتخلصي من معاشرتي، يكفي أن تأتي يوماً وتطلبي مني ذلك وسأتركك تمضين لحال سبيلك، فأنا لست مثلك أو مثله، لا أحب امتلاك الأشياء، واليوم الذي سترغبين فيه في التخلي عني سأتخلى عنكِ أيضاً وبسهولة، فأنا لا أعاشر من لا يرغب في معاشرتي.

حشرجة أخرى وارتعاشة جسدها، جعلتني أدفع يدي بعيداً عن رأسها لتسقط أرضاً تلهث وتأن من الألم، جلست على مقعدها مطرق الرأس، رفعت عيني أتأمل لوحتها المقيتة عني.

مضى الوقت لأول مرة سريعاً على الرغم من أنه استغرق عدة دقائق ولكنه مضى سريعاً، شعرت بحركتها من خلفي، تحاول الوقوف بصعوبة، تتحرك لتكون في مواجهتي، رفعت عيني إليها لأجد عينيها مغرورقة بالدموع، دموعها الجميلة تسيل على خديها، يفطر قلبي رؤيتك تبكين يا ثُرية.

- كنت أحسبك مثله، لن تقبل بأن أتركك إذا قررت ذلك.

لم أجب، لم يكن هناك داعي للإجابة، لقد قلت كل ما أريده، لا حاجة لقول المزيد.

جلست على ركبتيها ووضعت يديها على ركبتي قائلة بصوتٍ متهدج:

- صدقني لن أفعل معك مثل ما فعلت معه، تبين لي أنك تختلف عنه.

أومأت برأسي ولم أحر جواباً، علت شفتيها ابتسامة وهي تقول:

- سأنتظرك يوماً لتخبرني عن إسراء.

ضحكت وأنا أقول:

- اللعنة عليكِ يا ثُرية، هل تريدين قتلها أيضاً؟، هل أصبحتي تتشتهين الدماء؟

هزت رأسها نافية وعقبت:

- أعلم أنك لا تحبها ولكنها ستكون واحدة من نزواتك السخيفة التي سأحاول تجاوزها.

لم أرد، اكتفيت أنا أيضاً بالابتسام، وضعت رأسها على فخذي الأيمن، حركت يدي أداعب خصلات شعرها وهي تقول بصوتٍ هامس:

- ولكن سيأتي اليوم الذي لن أحتمل فيه نزواتك المتكررة، عندما تعود من واحدة من نزواتك هذه لن تجدني في انتظارك.

- لن ألومك وقتها يا ثُرية.

- إذن ستتخلى عني من أجل نزواتك.

- لا استطيع أن أعدك بأن أتخلى عن نزواتي ولكني أستطيع أن أعدك بأني سأبذل قصارى جهدي لأراكِ سعيدة.

جسدها يهتز ببكاء صامت، دموعي أيضاً تسيل في صمت.

ثُرية....

أم ربيعة.....

إسراء......

النساء لعنة.....

النساء فتنة........

٢٠١٧/٦/٢١

القاهرة.

الشيخ الجبل

في صباحية كل يوم جمعة يطير الشيخ الجبل حمام زاجل عشان يروح للجنية اللي ساكنة على أطراف المدينة، يوصلها رسالة من عنده، تستقبلها بابتسامة كبيرة قوي وهي بتّلمس بإيديها على ريش الحمام اللي قاعد يزوم، تبوس الرسالة بوسة كبيرة وتربطها في رجل الحمام وتطيره.

الشيخ الجبل كان بيعتبر حمامه الزاجل هو صورة أخرى لصور الملايكة اللي هجرت المدينة، أو يمكن كان بيحاول يوهم نفسه بكده، فكرة أن الملايكة اتخلت عن المدينة، كانت مرعبة بالنسبة له، مرعبة بالنسبة لكل سكان المدينة، كانوا بيحاولوا يتحايلوا على الفكرة ويمشوا على أطرافها لعلهم ينسوا.

الشيخ الجبل كان بيقعد يضحك لحد ما يشهق لأن الناس متصورة أن الملايكة كانت بتيجي للشيخ كل جمعة بالليل، ويتريق على جهلهم ويقول: الناس مش قادرة تصدق أن الملايكة هجرت المدينة دي من زمان فبيتشعبطوا في حبال دايبة، ربنا يصبرهم على لعنة عملوها بإيديهم.

يضرب كف بكف وهو بيستقبل الحمام الزاجل جي من عندها، يفض الرسالة ويبوس البوسة المعفرتة المطبوعة على الرسالة، يّدخل الحمام عشه وينزل يصلي الصبح.

الجنية كانت بتيجي للشيخ الجبل بالليل عشان هي بتخاف من عيون أهل المدينة لتحرقها، وبررت ده للشيخ الجبل أن فضولهم ممكن يحرقها على الرغم من أنها مخلوقة من نار، بس برضو ممكن يحرقها!، الشيخ الجبل يضرب كف بكف ويقولها: طيب خشي ... خشي لحسن عين كده ولا كده تشوفك تحرقك قبل ما أنتهي منك.

كل جمعة تقول للشيخ الجبل أن عيونه هو بس اللي بتنزل عليها عنبر ومسك، يضحك الشيخ الجبل من قلبه وهي تقوله بغيظ: أنا مش بهزر، يقولها: يا عبيطة ده عشان بس برش منه كل جمعة

فأنتِ متصورة الهبل اللي بتقوليه، تمزمز شفايفها وتهز كتافها زي العيال الصغيرة وترد عليه بابتسامة كبيرة: برضو أنا شايفة كده.

الشيخ الجبل على الرغم من وشه الضاحك دايماً وابتسامته اللي مش بتفارق وشه إلا أنه شايل هم وحزن كبير قوي في قلبه، دايماً في قعدات الأنس مع صحابه كل يوم خميس بالليل لازم يعبر لهم عن مدى حزنه العميق من اللعنة اللي حلت على المدينة، واحد من صحابه جسمه يترجرج من الضحك وهو بيشد في الشيشة ويقوله: يا شيخ جبل دي لعنة حلت علينا من مية سنة، يقوم الشيخ الجبل يهز راسه ويقول بأمل: برضو لسه فيه أمل يا رجالة.

واحد تاني يضحك بصوت أعلى ويرد: أمل إيه يا شيخ جبل، ده أنت الوحيد اللي شيخ في المدينة وبتحشش معانا وبتقابل الجنية كل يوم جمعة بالليل، لعنة إيه اللي تحل عننا.

كلهم ينخرطوا في نوبة ضحك هستيرية ودخان الحشيش عمال يتجمع في سقف الغرفة زي سحابة مش لاقية سكة للهروب، يكحكح الشيخ ويقول لواحد من صحابه: قوم افتح الشباك، خلاص صدري قفش، خلي الدخان ده يطلع.

كل يوم جمعة قبل صلاة الضهر يقعد الشيخ الجبل في الجامع متربع وحاطط أيده على خده على أمل أن يظهر حد ويصلي معاه الجمعة، مع أنه بيأكد على صحابه كل يوم خميس بالليل أنهم يجوا يصلوا معاه الجمعة وعلى الرغم من الأيمانات المغلظة اللي بيحلفوله بيها إلا إن مفيش حد منهم بيظهر خالص.

في يوم كان الشيخ الجبل قاعد على مصطبة الجامع بيستعد لأنه يقفله بعد صلاة العشا، لقى قدام رجله رجلين تانيين وقفت، رفع نظره لفوق شاف شاب عضلات وبشرته خمرية، بس كانت ملامح وشه غرقانة في الحزن والهم.

وقف الشيخ الجبل ينفض جلبابه ويقوله:

- يا ترى جاي تصلي ولا جاي تتسامر.
- جاي أشكي.
- من إيه؟
- منها.

اليوم ده مكنش الشيخ الجبل ناقص أنه يعيش أي أحداث بتبشر بهلوسة أو جنون سخيف، نفخ الشيخ الجبل وهو بينفض أيده وهز راسه وقال:

- أنت شكلك سكران، بقابل عينتك كتير.

مسك الشاب دراع الشيخ اليمين جامد لدرجة أن دراعه وجعه فقام مزعق فيه الشيخ وهو بيفك دراعه من أيده:

- حيلك ... حيلك ... أنت جاي تفوق عليَّ ولا إيه.
- مش أنت شيخ
- بيقولوا.
- يبقى افتيني.

الشيخ الجبل معرفش يمسك نفسه من الضحك وقام لما انتهى من نوبة ضحكه حط أيده اليمين على كتف الشاب وقاله:

- تصدق وتؤمن بالله
- لا إله إلا الله
- أنت أول واحد من خمس سنين يجي يقول لي افتيني.

خلع الشيخ الجبل الشبشب و خطا جوا المسجد وقال للشاب:

- تعالى.

الشاب خلع جزمته وحطها تحت باطه ودخل مع الشيخ الجبل، أخدوا الشيخ لركن في الجامع واستربعوا والشيخ بيقوله:

- إيه مشكلتك يا سيدي قولي.

الهم اللي اتجلى على ملامح الشاب كان بالنسبة للشيخ ممل، بس هو كان سعيد بأن أخيراً جاله حد يطلب منه فتوى ولو كانت في موضوع أهبل وممل، اشتاق قوي لأنه يرجع يمارس دوره القديم

قبل خمس سنين، كان صحيح الناس اللي بتستفتيه مش كتير ولكن كان في نهاية الأمر كان فيه ناس بتطلب منه فتوى، وكأن الخمس سنين دول دوبوا ذاكرة الناس، نسوهم أن فيه حاجة اسمها فتوى، معدتش معيار أو على الأقل واحدة من المعايير اللي ممكن تحكم حياتهم.

- أنا عارف أنها عايزة تمشي وتسبني بس أنا مش قادر أخليها تمشي وتسبني.
- يا ابني مهو مينفعش تمسك في حد مبيحبكش، وبعدين موضوعك ده مش عايز فتوى ده عايز حكيم نفساني.
- ومفيش حكيم نفساني أفضل من المشايخ، ولا إيه؟

الشيخ الجبل حس أنه طلع له فجأة ريش ونفخه على الآخر، وده بان لما الشيخ رجع براسه لورا وهز راسه وقال بوقار مفتعل:

- صحيح ... صحيح، صدقت يا ابني.
- تنصحني بإيه؟
- شوف يا ابني طالما الست حطت في دماغها إنها مش عايزة تكمل عيشة، صدقني أنا، مفيش حاجة في الدنيا حتجبرها إنها تكمل معاك، إن كيدهن عظيم.
- تقصد تعمل لي مصيبة؟!
- مش بعيد، ليه لأ.

كان واضح على الشاب أنه بيفكر بجدية في كلام الشيخ، هزة راسه كان ليها معنى مختلف عند الشيخ، عرف الشيخ من قبل ما يتكلم الشاب أنه مش ناوي يسيبها، طبطب الشيخ على كتافه وقاله:

- الحب مرار يا ابني، وإن مجتش منك حتحصل غصب عنك ومش بعيد تكون أنت وقتها الضحية.
- تفتكر؟!

- اللي بقوله ليك مش محتاج فتوى، دي خبرة واحد عاش
  كتير وقابل كتير.
- وإن مقدرتش.
- يبقى متندمش بعد كده على اللي حيحصل.
- معندكش نصيحة تانية تقولهالي؟.
- لو تحب تحضر معانا قعدة كل خميس في العشة اللي فوق
  العمارة اللي جنب الجامع، بنعمل قعدة عنب، حتعجبك قوي
  وأهي تفرج شوية عن همك وتصبرك على المصايب اللي
  حتنزل على راسك في الأيام اللي جاية.

ابتسم الشاب في إحباط معجون بيأس بتتسرب منه مرارة
كبيرة قوي، الشيخ قام وقف ومدله أيده وقاله:

- قوم ... قوم... بكره تتحل بأذن الله.

قام الشاب زي الراجل العجوز، وهو ماسك في أيد الشيخ، بص
في عنيه وقاله باستعجاب:

- مش حتقولي صلي ركعتين عشان ربنا يفك أزمتي؟!
- يعني لو قولت لك حتعمل كده.
- ممكن.
- لو كنت ناوي مكنتش سألتني.

الشاب رد عليه بتحدي:

- طيب صلي بينا العشا.

ضحك الشيخ وقاله:

- مش لما تتوضى الأول؟ ولا نسيت أن فيه وضوء؟

هز الشاب راسه واتحرك باتجاه الميضة وقفه الشيخ يسأله:

- أنما مقولتليش لكل واحد في البلد دي هبة من ربنا، إيه
  الهبة بتاعتك؟
- بعرف أنط لمسافات عالية، أنا اللي مشهور في وسط أهل
  المدينة بالشاب القافز.

- هو أنت بقى؟

- أيوه.

- طيب روح أتوضى.

بعديها بكام يوم والشيخ في قعدة الأنس مع صحابه، واحد منهم ناوله مبسم الشيشة وهو بيقوله:

- شوفت اللي حصل يا شيخ جبل.

- قول يا فقري.

- مش قبضوا على البطل القافز.

مبسم الشيشة اتجمد في المسافة ما بين أيد الشيخ وشفايفه، كان مذهول على الرغم من أنه كان متوقع ذلك بس كان لازم يتفاجيء، كان لازم يحس بقبضة في قلبه، كان لازم يستعجب ليه الدنيا كلها بلونين بس أبيض وأسود، ليه مفيش حتى على الأقل لون تالت.

- وقبضوا عليه بتهمة إيه؟

- أصله قتل حافظ الجوهري.

الشيخ فضل يهز راسه زي المدروش وهو بيكلم نفسه:

- الله يخرب بيت كيد النسا.

- ومال كيد النسا ومال اللي بكلمك فيه يا شيخ جبل؟!

- قوم أتنيل أفتح الشباك، ريحة الحشيش عبقت المكان وصدري قفش، أعملك حاجة مفيدة.

٢١/٦/٢٠١٧

القاهرة

تذكر يا صديقي!

وقف أمام لوحة كبيرة موضوعة بجوار باب عمارة شاهقة الارتفاع، يطالع في اللوحة ذلك الشخص الواقف خلف منصة وأمامه ميكرفون ويلوح بيده اليمنى عالياً وقد كتب أعلى رأس هذا الشخص (أمسية شعرية لشاعر المدينة الكبير)

أمال رأسه قليلاً لأسفل اللوحة ليقرأ عبارة أخرى (الثلاثاء الموافق ٢١/٦/٢٠١٧ بمقر اتحاد الكتاب الساعة الثامنة مساءاً بالطابق الأول)

نظر إلى ساعة يده ومن ثم اتجه إلى مدخل البناية ليصعد درجات السلم في سرعة إلى الطابق الأول، لم يكترث بالإجابة عن السؤال الذى مرق برأسه، لماذا سيحضر تلك الأمسية؟، يحب الشعر كثيراً ولكن هل هذا هو الوقت المناسب لأن يشارك في مثل هذه الفعاليات الأدبية؟، لا يهم، هو يخطو الآن داخل المقر، ليرى حضور كبير من الرجال والنساء يجلسون أمام منصة يعتليها الشاعر الكبير الذي يوزع الابتسامات وسط همهمات الناس وضجيج مراوح السقف الطنانة.

جلس على المقعد الأخير، ينتظر بدء الأمسية، تنحنح الشاعر فسكت الجمع في انتظار أن يلقي عليهم قصيدته الجديدة، يقترب من الميكرفون ويقول بصوت جهوري رخيم:

- قصيدة بعنوان "تذكر يا صديقي"

قالوا أنها كانت مدينة حبلى بكل الألوان
تلك يا صديقى أساطير الأولين

تلك مدينة لا تعرف ألا لونين

أبيض....

أسود....

تلك مدينة لا تعرف إلا أمرين

شراً يسكن جدران المدينة

خيراً يتبخر كل مساء

لا يبقى منه إلا قطرات من الماء

تّذكرنا يا صديقي

بأن الخير آفة مدينتنا

والشر فيها فضيلة

أني لا أسخر يا صديقي

هل تذكر؟

حتى أنا لا أذكر

كيف يمكن أن نتذكر سوياً

ونحن نحتسي القهوة

أن شقوق الجدران تسكنها العتمة

الأسود يا صديقي يليق بوجوهنا

والأبيض دليل نهار زائف

حتى الأبيض يا صديقي يمقت مدينتنا

هل تذكر يا صديقي؟

وكيف تتذكر؟

حتى أنا لا أذكر

هل تذكر حكايات آبائنا عن الألوان؟

أمي وأمك المسكينة

يحيكان ثوباً أبيض

ويزعمان أن لونه أصفر

هل تذكر؟

أنا اليوم أتذكر

يرويان عشرات الأساطير عن كل الألوان

يغزلان من الأساطير ثوباً لك

وآخر لي

ويبقى أن الثوبين

باللون الأبيض والأسود

عن أي ألوان نهزي ونتفاخر

عن أي لعنة نتحدث

إن كانت هذه لعنة

فإني لها شاكر

يا صديقي نحن اللعنة

تذكر

يا صديقي نحن اللعنة

هل تتذكر؟

ستنكر

سترفض

وتثور

وتشجب

فلترى معي هذا المشهد

شايك لونه أسود

قميصك لونه أبيض

حذائك لونه أسود

حتى ربطة عنقك سوداء

الأبيض أضحى خيار المترفين يا صديقي.

الأبيض يليق بالأغنياء

أما نحن سنظل نذوب عشقاً

كرهاً أو طوعاً

في الأسود

يوم ولدت

خرجت من رحم أسود

لعالم أكثر سواداً

يا صديقي إن الأسود قدر الفقراء

قدر العشاق

قدر كل نفسٍ للألوان تتوق

ويوم تموت سيتم زرعك كنبتة صبار

في قبر أسود

رجاءً لا تحدثني بعد اليوم عن الألوان

فلقد عز على مثلي أن ينعم حتى بالأبيض

توقف الشاعر عن الإلقاء، بل بالأحرى تجمد مكانه، حتى الناس تجمدت في مكانها، لم يصفق أحد، لم يقف أي من المنظمين لإعلان انتهاء الشاعر من قصيدته، الشاعر يهز رأسه ويعود إلى مقعده في صمت تام.

الوحيد الذي كان يبتسم هو، دبت الحياة في نفوس الجميع عندما سمعوا أبواق سيارات الشرطة الفجائية وهي تزعق أسفل البناية، سرت الهمهمات بين الحاضرين.

هو وحده من كان يعرف لمن تزعق هذه الأبواق، كانت تزعق له، تريده وتطلبه، أبواق مسعورة منزعجة غاضبة، كيف استطاع الهرب من سجن المدينة؟

يقف في اعتداد وهو يتجه إلى باب المقر، يسمع أصوات خطواتهم وهي تركض على درجات السلم ، ينتظر ظهورهم أمام باب المقر، يظهر أولهم، يبتسم له، يرفع له الشرطي سلاحه ويأمره بألا يتحرك، يظهر آخر وثالث.

تتسع ابتسامته وهو يرفع يديه عالياً، يصعدون الدرجات الفاصلة بينه وبينهم ببطء وحذر مشوب بالقلق، بعض من الحاضرين يتجمهرون أمام باب المقر.

ما إن كاد يقترب منه أول شرطي حتى قفز، قفزة عالية مر من فوق رؤوس رجال الشرطة الثلاثة ليخترق في دوي مزعج زجاج النافذة

الماثل أمامه لتمتد قفزته الطويلة يقطع بها الشارع العريض ليحدث دوياً مزعجاً آخرا وهو يخترق زجاج إحدى النوافذ في العمارة المقابلة، عدد من رجال الشرطة يهرعون إلى تلك البناية، ولكنه يظل يقفز ويقفز وعلى وجهه ابتسامة واسعة، يتذكر كيف هرب من السجن؟، ولكن لهذه قصة أخرى.

٢٠١٧/٦/٢١

القاهرة